U0598274

中华成语故事

吕伯攸——编

人民文学出版社

图书在版编目(CIP)数据

中华成语故事/吕伯攸编.—北京：人民文学出
版社,2018
ISBN 978-7-02-013569-1

Ⅰ.①中… Ⅱ.①吕… Ⅲ.①汉语-成语-故事
Ⅳ.①H136.3

中国版本图书馆 CIP 数据核字(2017)第 307365 号

责任编辑　甘　慧　尚　飞　吕昱雯
装帧设计　高静芳

出版发行　**人民文学出版社**
社　　址　**北京市朝内大街 166 号**
邮政编码　**100705**
网　　址　**http://www.rw-cn.com**

印　　刷　**宁波市大港印务有限公司**
经　　销　**全国新华书店等**

开　　本　**890 毫米×1240 毫米　1/32**
印　　张　**8.25**
插　　页　**2**
字　　数　**198 千字**
版　　次　**2018 年 3 月北京第 1 版**
印　　次　**2018 年 3 月第 1 次印刷**

书　　号　**978-7-02-013569-1**
定　　价　**39.00 元**

如有印装质量问题,请与本社图书销售中心调换。电话:010-65233595

给读者

在你们读过的许多读物中，不是常常有难懂的成语发现吗？现在，我要请问你：你如果读到了这种地方，感觉怎样呢？你想不想明白这个成语的意义？或者，你已经明白了意义，更想不想在你做文章的时候，搬来应用一下呢？

是的，我知道你们是一定在这样地想。所以，这部书，就是为了要达到这两个目的而编辑的。

书中的项目，每篇虽各分四种，但是，最切要的，却只有两项：第一，便是开始的那项"故事"，可以使你们明白这个成语的来历或含义；第二，便是"用法举例"，对于这一项，每篇都用对话体和叙述体的短文，举出实例两个，使你们可以充分地了解这成语的使用法。

不过，汉语成语，大概可分两种。一种是先有事实，然后把它引申而成的。这种故事的构造，当然须根据古书，就是一切人名地名，也不改动。一种是完全用来做比喻的，那么，故事便由编者创作。

至于本书的参考书，因为范围太广，一时很不容易把它完全列举出来。所以随时附注在每篇题目之下，以便你们在必要时，可以翻检原书。

吕伯攸

目录

五十步笑百步

（出《孟子》）

【故事】

　　从前，有两个国家：一个在东面，一个在西面。不知为了一件什么事，便互相发起了战争。

　　在开战以前，两国各自积极备战，但听得那战场上，一片战鼓冬冬，非常雄壮。

　　不一会儿，果然两国兵刃①相接了。哪知战不上多久，东面那个国家的军队，竟渐渐地支持不住，全军的阵势都有些纷乱了。许多兵士们，知道情形不对，便一个个抛去了盔甲②，丢下了刀枪，急忙向后面败退。

　　在那队伍前面的兵士们，因为后面拥挤得太厉害了，一时不容易逃跑，所以只退了五十步，便再也退不下去。他们心里虽然都很害怕，但是，幸亏敌兵倒不再追过来，只得勉强站定了，预备等一会儿再退。

　　这时候，他们忽然看见队伍后面的同伴们，却早已退到一百步以外了。因此，他们一面挺着胸膛，一面冷笑着，指着后面退到一百步的兵士道："哼哼！像你们这样怕死，还好出来打仗吗？"

那退到一百步的兵士，也不肯相让，便反问道："你们如果是不怕死的，为什么也要退下来呢？"

那退五十步的兵士道："我们是不怕死的，所以只退了五十步罢了，你们却已经退了一百步了。"

【故事注解】

① 兵刃——就是兵器。兵刃相接，意思是开战。

② 盔（kuī）甲——是穿戴在身上，抵御敌人的兵器的。盔的形状，像帽子一般，是用铁片制成的。甲的形状，略似衣裳，左右护肩、护腋和袖口，也用铁片制成。

【成语释义】

意思是：彼此同样没有用，讥笑别人，等于讥笑自己。

【用法举例】

一、对话

甲："恩甫兄，这次考试，你的名次一定很高吧。"

乙："不要说了，这次我恰巧病了几天，所以成绩很不好，名次也就很低了。"

甲："哼哼！上一次你总没有生病，怎么也考得不高呢？"

乙："好了，上次你也不过比我高了三名，何必'五十步笑百步'呢？"

二、叙述

从前，有两兄弟，都是非常蠢笨的。

有一天，弟弟对哥哥道："我听人家说，杭州有一个猫丘，风景是很幽美的！"

哥哥听说，便捧着肚子大笑道："我只知道杭州有一个虎丘，哪里有什么猫丘呢？"

其实，虎丘是在苏州的。哥哥虽然自作聪明地批评弟弟，但是，他也不过"五十步笑百步"罢了。

五十步笑百步

滥竽充数

（出《韩非子》）

【故事】

齐宣王①的时候，有一个南郭先生②。他因为坐守家中，一时找不到什么事情好做，心里非常忧愁。

一天，有一个朋友来瞧他。在他们的闲谈中，南郭先生就把自己的心事，老实对他说了，并且很诚意地恳求他，要他代找一个位置。

朋友迟疑了一会儿道："机会倒有一个，而且我可以替你介绍。可是，不知道你愿不愿意干呢？"

南郭先生十分急切地道："我只要有口饭吃就是了，哪有不愿意干的道理？"

朋友道："那很好！因为宣王宫中，要雇用一班吹竽③的人，你如果不嫌这职务卑贱，明天我就带你进宫去吧。"

南郭先生听说，不觉暗暗地有些着起慌来。他想："竽是怎样的东西，我不但不会吹，而且从来也没有瞧见过啊！"但是，他一时想找到职业的心太迫切了，终于含含糊糊地答应了。

过了几天，南郭先生便进宫去了。他刚走上殿阶，早瞧见殿上排列着许多的人，手中各执着一件乐器，正在悠悠扬扬地吹出许多好听的曲调来。他才猜测出来，那一定就是"竽"了。

当他朝拜过了宣王，接着就有一个内侍递了一管竽给他，要他也照样地吹。南郭先生心里虽然异常慌张，可是，他只怕被人识破了秘密，因此，故意装作很内行的神气，跟着大众，轻轻地乱吹了一阵。

好在齐宣王听竽，常常是喜欢三百人一齐吹奏的，所以南郭先生夹在众人中间，只是随便将竽放在嘴边，装个样子，谁也听不出他，到底有没有发出声调来。自然，齐宣王也当他是个善于吹竽的人了。

自此以后，南郭先生便住在宫里，有吃有穿，每天过着安逸的生活。

不久，宣王死了，便由湣王④即位，幸亏他也是喜欢听竽的，所以那班吹竽的人，依旧留在宫中，每天照样吹奏。南郭先生也依旧用了滥竽⑤的老法子，掩过湣王的耳目。

这样吹了几天，不料湣王有些厌倦起来了。有一天，他便对那班吹竽的人说道："永远地这样吹奏，未免太单调了，今天应该变换些花样才是啊！"

那乐队的领袖，就向湣王问道："大王的意思，打算怎样变换呢？"

湣王道："我觉得三百人同吹，那声音太嘈杂了，所以今天想把你们分成十组，每组轮流吹给我听吧！"

吹竽的大众，当即照着湣王的吩咐，分成了十组，一组一组地挨着次序，吹奏起来。这时候，每组还有三十个人，南郭先生夹在中间，装腔作势地吹了一会儿，居然又被他混过去了。

可是，三天以后，湣王又要变换花样了。他说："一组一组地吹，还是太嘈杂，还是听不清楚。所以今天我要一个一个点着名，到我面前来吹，让我仔仔细细地听一回！"

这个命令一发布，当然立刻便照着做了。南郭先生站在殿角上，早已吓得面红耳赤，不提防第一个名字，却又叫到了他，这真使他为难极了。他没法好想，只得把竽向地上一掷，急急地向宫门外逃跑了。

【故事注解】

① 齐宣王——战国齐威王的儿子，名叫辟疆，在位十九年。

② 南郭先生——人名。

③ 竽（yú）——是一种乐器，样子像笙，有三十六簧。

④ 齐湣（mǐn）王——宣王的儿子，名地，即位三十六年，改称东帝，后来仍称王。在位四十年。

⑤ 滥竽——滥（làn），就是失实，就是假的。滥竽的意思，就是假装得会吹竽。

【成语释义】

就是：没有本领的人，混充内行去做某种事情。

【用法举例】

一、对话

甲："王君，好久不见了！"

乙："哦！张君，你刚从学校里回来吗？"

甲："是的，刚从学校里回来。"

乙："上星期，你们学校和民强学校比赛足球，听说你也是选手之一，不知道确实吗？"

甲："哈哈！那算什么呢，不过是'滥竽充数'罢了。"

二、叙述

聪儿到教育用品公司去购物，他对伙计说："请你拿一个两脚规给我！"

伙计向他瞪了一眼道："什么两脚狗，我们这里不是动物园，哪里有这种东西？"

聪儿听了，不觉暗暗地好笑，只得耐着性子，向他细细地解释，伙计方才明白。聪儿另外又买了三支铅笔、一瓶墨水，便叫伙计算账。

本来，一个两脚规价钱五角，铅笔每支三分，墨水价五分，一共应该是六角四分。但是，那伙计拿起算盘的的笃笃一算，却说是六角二分。

聪儿暗想：难怪外人常常说，教育用品公司的伙计都是"滥竽充数"，一点商业知识也没有的。

味同嚼蜡

(出《楞严经》)

【故事】

　　阿戆①这孩子，因为一向住在乡下，所以见识很浅。他无论见到什么东西，总觉得新奇而喊不出它的名称来。并且，他还有一个很不好的习惯，便是贪嘴。

　　有一天，他跟着妈妈，到城里去看姨母。姨母见他们来了，便请他们在一间精致的卧房里坐定。妈妈和姨母，都躺在一张沙发上，谈些家常事。

　　这时，阿戆张开了小眼睛，忽而瞧瞧这边，忽而望望那边，姨母房里的一切陈设，他是一件也没有瞧见过的，差不多竟要瞧得发呆了。

　　他瞧了好一会儿，突然瞧见一口玻璃橱中，藏着好几包用彩色纸裹着的东西。他想："这一定是十分美味的食物，大约和去年姨母送给我的蜜饯菠萝蜜一样好吃吧！"哪知这样一想，立刻就把他贪嘴的老毛病引了起来。

　　阿戆对着那口玻璃橱，真有些忍受不住了，他便一边用手指指着那几包东西，一边笑嚷着道："妈妈，我要吃这个，我要吃这个!"

姨母看见他那种馋涎欲滴的神气,几乎要笑出来,只得安慰他道:"阿戆,那是几包洋蜡烛,不能吃的啊!你要吃东西,还是让我拿点饼干给你吧!"说着,姨母就从桌上的一个罐子里,掏了两把小宝石饼干,给他装在衣袋里。

妈妈说:"好了,现在我要和你姨母聊聊天儿,你还是到外面去玩玩吧!"阿戆答应着,便飞也似的跑了出去。

他走到院子里,看了一会儿菊花,又用饼干喂了一会儿金鱼,便兴冲冲地向客厅里走去。

一到厅中,他又发现了一种新奇的东西。原来台子上正摆着四种时令不同的水果,就是桃子、枇杷、鲜藕和橘子。这些都用白瓷盘盛着,越发显得鲜美可爱了。

阿戆高兴得什么似的,心里又想:"怎么到现在的时候,还有桃子和枇杷呢?——吝啬的姨母,有这样的好东西,为什么不送些给我尝尝?"他这时馋涎一滴一滴地滴下来,比方才更加厉害了,便老实不客气地伸过手去,拿了一个桃子过来,不管三七二十一,张开嘴来就咬。

他咬了一口,接着又细细地咀嚼起来,但是,那味道既不甜,也不酸,只是淡淡的,更没有一点儿桃子的香气。他心里有些蹊跷,连忙把那咬过的桃子细细地察看一回,只见里面又没有一点浆汁,仿佛是很干燥的。

阿戆拿着桃子,正在惊异,不料姨母家的老妈子,刚巧从厅外走过。看见他这副神情,早已猜着了一大半儿,不觉笑着道:"这桃子的味道怎样?"

阿戆这时还不知其中的奥妙,只是涎着脸道:"淡淡的,一点儿也没有味道!"

老妈子索性大笑起来道:"哈哈,你上当了!老实告诉你,这是你姨父买来的假果子，是用蜡②做成的，外面涂了颜色，样子便和真的很相像。现在你看错了，嚼了这许多蜡，怎么会嚼得出味道来呢？"

阿憨听了这话，难堪极了，脸上立刻红一阵，白一阵，直羞得连头也抬不起来。

【故事注解】

① 憨（hān）——愚笨的意思。

② 蜡（là）——是蜜的渣滓。蜜蜂的腹部，分泌蜡质，造成蜂房。制蜡的人取了蜂房，放在水里煮溶化了，再等它冷后凝结起来，便成为蜜蜡。颜色很黄，又叫作黄蜡。

【成语释义】

比方：对于遇到的事物，感觉不到什么兴味。

【用法举例】

一、对话

甲："朱先生，我们出去玩玩吧！"

乙："到哪里去呢？"

甲："上第一影戏院去瞧电影吧！"

乙："噢，今天演的是什么片子？"

甲："是第一次公映的《唐伯虎点秋香》。我想，其中一定有些可观吧！"

乙："不见得！——我对于这种陈腐的影片，总觉得是'味同嚼蜡'，所以，无论如何也不愿意牺牲了宝贵的光阴去瞧它！"

中华成语故事

二、叙述

　　梦生虽然在三民公司当职员，但是，这家公司的待遇，实在太苛刻了，而且，薪水又不能照规定的时间发。所以，他总觉得这种生活，"味同嚼蜡"。

味同嚼蜡

鸡鸣狗盗

（出《战国策》）

【故事】

　　战国①时候，齐国②有个公子，姓田名文③，大家都称他为孟尝君。他因为很好宾客，所以各处的人，只要有一技之长的——不论文人学士、英雄好汉，以及江湖艺人，都投奔到他那里去。

　　有一次，孟尝君带了许多宾客，到秦国④去游玩，并且带了一件白狐皮袍子送给秦王。那件狐皮，颜色莹洁得如白雪一般，毛片差不多有半尺长。这种稀有的宝物，也许全中国也找不出第二件了。

　　秦王受了这份厚礼，倒也十分地优待他。只是，孟尝君却没有在秦王左右那里打点，因此，便有人在秦王面前，竭力地攻讦（jié）他，说道："孟尝君的门下，有食客三千，他们都是神通广大，无所不为的。这次来到秦国，一定有所图谋，我们要预先防范他才是啊！"

　　秦王听了这话，果然十分相信，他生恐孟尝君将来会做出什么不轨的行动，扰乱秦国，当即下了一道命令，把孟尝君暂时拘禁起来。

一班宾客们得到这个消息，自然个个都是忧急万分。他们便开始四处奔走，设法营救。幸亏，不到几天，已经打听到秦王有一个宠爱的妃子，秦王对于她，事无大小，都是很听从的。他们别无门路好走，便选出一个能言善辩的人，到妃子那边去设法。

哪知妃子早已知道了来意，便对那人道："要我营救孟尝君，并不是难事。但是，我听说孟尝君此番到秦国来，曾经带着一件白狐皮袍子，非常名贵。如果他肯拿来送给我，我一定可以替他设法！"

这真是一道难题，那件稀世之宝的白狐皮袍子，既已送给了秦王，哪里还拿得出第二件来呢？那个宾客无话可答，只得回去把这交涉的经过，告诉了同伴们。但是，大家也只是面面相觑，没法可想。

过了好一会儿，宾客中却有一人，不慌不忙地站起来道："依我看来，这事儿并不难，只要能给我全权去办理，一定不会不成功的！"

大家听他这样说法，急忙问道："给你全权办理，你有什么方法？不妨先说给我们听听！"

那个宾客道："老实告诉你们吧，依我的主张，就打算到秦王宫里去把那件白狐皮袍子偷了出来，然后再转送给妃子，事情不是便妥当了吗？"

不提防大家听到这里，都冷笑起来道："方法的确很好，可是，这样的深宫密室，谁有本领去干这件事呢？"

那个宾客道："这倒不必担心，我生平便有一件绝技，能够模仿狗叫的声音。要是拉直喉咙，汪汪地叫起来，就是真的狗也辨不清楚。——我想，无论宫禁怎样严密，只要学起几声狗叫，一定可以混进宫里，包管把那件白狐皮袍偷出来。"

宾客们虽然不敢十分相信他，但在无可奈何的时候，也便姑且让他去尝试一回再说。

这一晚，到了三更时分，在宫里的卫兵们，几次听到汪汪的狗叫，还夹杂着些窸窸窣窣的声音。大家都以为是几只守夜狗正在互相追逐着，谁也没疑心到有人会进来偷东西。所以，那个宾客很顺利地掩进了宫里，暗地摸索了多时，居然让他偷到了那件白狐皮袍子。

第二天，大家便把那件白狐皮袍子拿去送给秦王的妃子。果真不到半天，孟尝君就被释放出来了。可是，孟尝君对于这件偷窃的事，心里始终非常忧虑——只恐怕一朝败露出来，一定更多了一重罪案，因此，立刻吩咐宾客们，驾起车子，一声不响地走了。

一路赶来，直挨到半夜里，才到了函谷关⑤。——这个关是秦国的一个要隘，看守得十分严密，而且关上定着一个规矩，每天必定要鸡叫才准开关。

孟尝君一行人，来到关前，正是明月当头，天还没亮。再听听后面，却是马嘶人号，秦兵已经远远地追来了。他们处在这种进退两难的时候，个个都知道是凶多吉少，焦急万分。

忽然，宾客中有一个会装鸡叫的，便自告奋勇地说道："让我来试试看，叫他们开关吧！"

说着，他真的便撮起嘴来，"喔喔喔喔"啼个不住。只因他装得像极了，所以一霎时附近所有的鸡，也都"喔喔喔喔"地附和着，一齐叫了起来。

守关的人被这许多鸡声叫醒了，他在睡眼蒙胧中，也不知道是什么时候了，竟立刻起身，把两扇关门开了。孟尝君趁这机会，便带领着宾客们，一溜烟儿地逃出关外去了。

等到秦王的大队人马赶到函谷关，孟尝君早已跑了不少的路了。

【故事注解】

① 战国——时代名。周威烈王二十三年，韩、魏、赵三家分晋，与秦、楚、齐、燕共为七国，自后列国时相争战，所以叫作战国。

② 齐国——周朝国名。在今山东北部和河北东南部。周武王封太公望于齐，战国初，被他的臣子田氏所篡，为七国之一。后来又为秦国吞并。

③ 田文——齐国的公子，号称孟尝君。封于薛，曾做齐国的宰相，家中有食客千人。

④ 秦国——周朝国名，嬴姓，在今陕西中部、甘肃东部。至战国时为七雄中之最强者。

⑤ 函谷关——在今河南灵宝市东北王垛村，是秦国的东关，关城在谷中，深险如函，所以有这名称。

【成语释义】

有两种意义：

（1）不光明的举动。

（2）一种不高妙的技术。

【用法举例】

一、对话

甲："李二今年做的买卖真不错，足足赚了有二三十万呢！"

乙："哦，他怎么会发这样的大财？"

甲："听说，他发财的秘诀，就是利用抵制劣货的机会，专门私下运了劣货来，把它改造成好货的模样，欺骗同胞。因此他便获了大利。"

乙："啊，真的吗？可是，像他那种'鸡鸣狗盗'的行为，实在是太不顾廉耻了。"

二、叙述

这天早晨，林姗儿挟了书包，正想往学校里去。忽然从大门开处，匆匆忙忙地跳进一个顽皮孩子来——是姗儿的同学，小朋友李堕。

李堕笑嘻嘻地走到姗儿面前，便附着她的耳朵，叽叽咕咕地说个不止。

原来，这天正值他们学校里举行考试，李堕一早赶来，却是要求姗儿，和他连通一气，以便在考试时可以互相传递消息，并且把种种作弊的方法，告诉了姗儿。

姗儿听了他的话，不觉有些生起气来，暗想：这种"鸡鸣狗盗"的把戏，怎么可以干呢？当时，便很坚决地拒绝了他。

唾面自干

（出《隋唐嘉话》）

【故事】

唐朝有个宰相，名叫娄师德①。他是很有肚量的人，所以无论人家对他怎样，他总是笑容满面地容忍着，从来也不会发怒的。

譬如有时候，师德早晨起来，预备出门去办公了，但是，他的车夫，却还是呼呼地睡着，一点儿也没有动静。他便一声不响地跑了出去，另外喊一辆街车，坐着上衙门去。过了一会儿，那车夫幽幽地醒了过来，知道主人已经出门了，横竖欺负他好说话，因此，不但不惭愧自己的失职，反而会跑到师德的衙门里去，大肆咆哮，责备师德没有喊他醒来的不是。

师德却总是笑嘻嘻地道："是的，我没有来喊你。可是，我知道你昨天的路跑得太多了，一定很疲乏，所以有意让你休息一会儿啊！"

又如有时候，一个仆人不留神，将他心爱的一个古瓷花瓶打碎了，仆人虽然不肯认错，反而说这花瓶的位置摆得不好，但是，师德也一点儿不生气，仍旧笑嘻嘻地道："不要紧，打碎了，就算了。——只要你的手指没有割破！"

017

过了几年，师德的弟弟拜②了代州③刺史④了，临动身的前一天，便到师德那里来辞行，并且向师德道："哥哥已经做过许多年的大官，对于人情世故，一定是很有经验的。兄弟此番初次到代州去，一切立身处世的道理，还要请哥哥教导些才是！"

师德道："我对于你，别的没有什么不放心。只是，我看你少年气盛，每每容易结怨于人，被人妒忌，以后总要自己随时留心啊！"

师德的弟弟道："我也知道，这是我生平的弱点，但是，现在经哥哥这么一提醒，以后自然应当特别地注意了。"师德问道："你打算怎样注意呢？"

他的弟弟道："自今以后，就是有人将唾沫⑤唾到我的脸上来，我也不去同他理论了。"

师德又问道："不同他理论，又怎样呢？"

弟弟道："我只要自己将它揩去了，便算了！"

师德摇摇头道："你这种办法，还不是大度宽容的人所做的……"

弟弟不觉有些奇怪起来了，问道："不是这样，还有什么办法呢？"

师德道："要知道，人家将唾沫唾到你的脸上来，一定是在对你发怒。你如果把他的唾沫揩去了，便是厌恶他的唾沫的表示，这当然会使他更加愤怒起来了。所以，不如不去揩掉它，让它自己干掉为是。"

弟弟这才知道他哥哥的容忍功夫，的确是高人一等了。

① 娄师德——唐原武人，字宗仁，武则天时官至宰相。

② 拜——授官的意思。

③ 代州——唐州名。清为直隶州，属山西。就是现在山西的代县。

④ 刺史——官名。

⑤ 唾沫（tuò mo）——就是口水。吐去口水，也叫作唾。

【成语释义】

有两种意义：

（1）比方：极有忍耐性的人，遇着无理的人，绝不计较。

（2）讥笑一个人太懦弱。

【用法举例】

一、对话

甲："昨天在会场中，老方当着众人，竟这样地侮辱你，你现在准备怎样对付他？"

乙："大家都是老朋友，说过就算了。"

甲："你真是一个好人。老实说，要是换了我，一定要和他诉诸法律了！"

乙："嗱，'唾面自干'，何必和他计较呢？"

二、叙述

周懦夫，是毛富翁家的书记。他的职务，是登记一切账目，和书写各种文牍。但是，毛富翁家里的人，因为他很穷，谁也瞧不起他。

唾面自干

有一天，毛富翁的儿子从外面回来，忽然高声地对着他骂道："该死的东西！上回我用的那笔钱，原是瞒着我父亲的，所以屡次叮嘱你，叫你不要写在账上，怎么你又写了上去呢？——唉，你这个混蛋，真糊涂！"说着，便接连打了他三个嘴巴。

可笑那周懦夫，不但一点儿也不动气，却反而凑趣似的道："是的，这是我一时糊涂，该打，该打！"

因此，朋友们都讥笑他，说他倒有些"唾面自干"的风度呢！

狐假虎威

（出《战国策》）

【故事】

楚国①的宣王②，有一天，问他的臣子们道："我屡次听到人家说，北方诸国，都非常惧怕昭奚恤③。我想，昭奚恤不过是楚国的一个宰相，而我却是楚国的国君。现在，都不惧怕我，却反而惧怕昭奚恤，这是什么道理？你们可以告诉我吗？"

臣子们听宣王这样说，也觉得有些诧异，他们想："这到底是什么道理呢？莫非昭奚恤的威风，竟胜过楚宣王吗？"他们想了好半天，实在想不出其中的究竟来，只得默默地站着，一声也不敢响。

这样过了好一会儿，有一个臣子名叫江乙④的，他看见同僚们都呆若木鸡，宣王又十分焦急，便独自站起来道："这个原因，我倒有些知道。现在，不妨让我先说一个比喻给陛下听吧——

"我们知道，老虎是百兽中的霸王。它威风凛凛的，常常要捉许多走兽来充饥。有一次，它捉到一只狡猾的狐狸。正想张口吃它，不料那狐狸却对它说：'虎兄，你不要吃我！因为天帝⑤叫我来做百兽的王。你如果吃了我，那你就是违犯天帝的意旨，一定

要受罚的。'老虎不信它的话，说道：'我才是百兽的王，你怎敢这样夸口呢？'

"狐狸故意冷笑了一声道：'虎兄，这还用得着争论吗？只要瞧瞧现成的事实，就足以证明我们的身份了！'

"老虎道：'有什么事实可以证明呢？'

"狐狸道：'现在，你可以和我一同出去巡游，让我走在前面，看那些野兽们，见了我怎样。——如果，它们见了我便逃避了，那么，你就应该相信我的话了。'

"老虎听了它的话，便跟在它的后面，和它一同向外走去，果然，在路上所遇到的许多野兽，一见了它们，都各自拼命地逃避了。

"老虎见了，觉得很奇怪，心里暗想：'咦！真的啊，这些野兽们，倒都惧怕这狐狸的！'其实，野兽们哪里会怕狐狸？不过怕它后面的那只老虎罢了。但是，老虎自己却并不知道！

"陛下，这不是一个很好的比喻吗？——现在，楚国拥地五千余里，兵甲百万，一概都交给昭奚恤管领，所以北方诸国，都很怕他。其实呢，他们并不是怕昭奚恤，不过是怕楚国的强盛啊！这个，正像刚才所说的比喻，狐狸假借老虎的威势，是一样的！"

江乙不慌不忙地解释着，群臣个个都侧着头静听，就是楚宣王，也恍然大悟似的道："唔，原来如此！"

【故事注解】

① 楚国——周朝国名。周成王时封熊绎于楚，居丹阳。就是现在的湖北秭（zǐ）归，后为秦所灭。

② 宣王——名良夫，楚肃王的弟弟。

③ 昭奚恤（xù）——楚宣王时候的宰相。

④ 江乙——本是魏国人，后来在楚国做官。

⑤ 天帝——即上帝。

【成语释义】

比方：借了上面的势力，去恐吓人。

【用法举例】

一、对话

甲："昨天县长叫你办的那件公文，办好了吗？"

乙："快好了，大约今天下午，一定可以发出。"

甲："那怎么成呢！要知道，这是一件最要紧的公事，非得在上午十点钟以前发出不可啊！"

乙："好了，你不要'狐假虎威'了！县长刚才亲自对我说过，只要赶在今天晚上发出就是了。"

二、叙述

王得胜，不过是一个小小的勤务兵，但是，他仗着主人邬军长的势力，常常到外面来骚扰：他不但吃喝了东西，从不知道给钱，并且有时遇着了懦弱些的人，还得敲诈几个钱来使用。——看他那种"狐假虎威"的气势，确实使人心寒哪！

狐假虎威

竹篮打水

（谚语）

【故事】

笨哥儿实在太笨了，因此，他无论干什么事，总没有干得成功的。

有一天，父亲想到城里去买些东西，便叫笨哥儿到西村舅父家里去借一匹驴子。笨哥儿听说，立刻急匆匆地赶去，向舅父把借驴子的事说明了，当然，舅父是满口答应了他的请求。笨哥儿走到舅父的屋子里，对着那匹驴子，心里便有些踌躇①起来了，暗想："这样大的一件东西，叫我怎么携带呢？"

他想了一会儿，当即走到驴子身边，捉住了它的两条腿，便想搁上肩头，背②它回去。

那驴子被他这样一吓，当是它的敌人来了，便飞起了前蹄，用力地向着笨哥儿踢去。笨哥儿没有提防，恰巧被它踢中了头面，顿时踢得唇青鼻肿，鲜血直淋。他再也顾不得父亲上城的事了，一面哭喊着，一面便跑回家去告诉母亲。

母亲责备他道："笨孩子，这是你自己不小心啊！告诉你吧，驴子是不能背的，以后，你只要用绳子牵着它走就是了。"

笨哥儿点头应允着，便把母亲的话记住了。

过了几天，到了姐姐结婚的日期了。前一天，父亲就对笨哥儿说："明天，一定有许多贺客要来呢，家里的茶杯也许不够用，你赶早到东村姑母家，向她借二十只来用！"

笨哥儿想起前次被驴子踢伤的事，心里总有些惴惴（zhuì）然。所以，他在临走的时候，便不住地暗暗在思量着："这回不要再吃了茶杯的亏呢，还是听从母亲的话，早些预备一条绳子吧！"

当他到了东村，向姑母把茶杯借到以后，便从身边掏出一条绳子来，将二十只茶杯的柄子一齐系在绳子上，然后把它放在地上，很快活地牵着绳子，走回家里去。

笨哥儿走着，杯子在后面叮叮当当地响着，笨哥儿直乐得手舞足蹈了。他不由得赞美起母亲的方法来："真好呀，不但一点儿也不要用力，而且还可以听音乐呢！"

可是，这音乐越奏越没有声音了，等到笨哥儿走到自家门口，拉起绳子来一瞧，不觉吓了一跳，原来那二十只杯子，只剩二十个残缺不全的柄子了。

笨哥儿知道又闯了祸了，没精打采地跑进屋里，不敢声张，只是低声地啜泣着。后来，还是母亲向他探问，他才把这经过说了出来。

母亲很懊丧地道："你这孩子，一点儿事也不会做。茶杯应该拿在手里带回来，谁说可以牵着走的？"

笨哥儿很不服气地道："这法子是你教我的。而且，我只有两只手，茶杯有二十只，就是要拿在手里，叫我怎么拿呢？"

母亲道："东西多了，难道不能借一只竹篮子装了，带着回家来吗？"

笨哥儿不觉又跳跃起来道："哦！因为我不知道，竹篮子可以多装些东西呀！好了，以后要是再要拿什么东西，一定照妈妈的办法做！"

这天晚上，他们家里预备第二天的请客菜。一不小心，油锅里忽然烧起来了。霎时间火势炎炎，不到片刻，便冒穿了厨房的屋顶，快要烧到正屋上去了。

父亲吓得脸孔变了色，急匆匆地对笨哥儿道："我要到外面去叫人来帮助救火，你趁这空儿快到井里去打些水来，赶紧先灌救一回！"

笨哥儿一面答应着，一面便迈开大步赶到井边去了。但是，火愈烧愈猛了，直到父亲叫的人回转来，还是看不见笨哥儿的踪影在哪里。

辛亏，人多手快，忙了半天，总算才把火扑灭了。这时，父亲查问起笨哥儿来，才有人说："看见他在井边，不知做什么呢！"

父亲忙派人去把他叫了来，问他道："家里着了火，人家都来帮助我们了，你怎么反而躲在井边，不动手呢？"

笨哥儿很不服气地道："怎么不动手，我一直在井边打水，打到此刻，真是精疲力尽，满身全是汗呢？"

父亲道："那么，怎么总不见你来救呢？"

笨哥儿道："井里的水老是打不起来，叫我拿什么来救！"

父亲很诧异地道："井里明明有很满的水，哪里会打不起来的？——我且问你，你到底怎样打的？"

笨哥儿道："母亲在白天对我说，竹篮子可以多装些东西，现在，我想多打些水，所以就用竹篮子去打的。"

父亲叹了一口气道："唉！你这孩子，真是越长越笨了。你不知道竹篮子的底儿是漏的吗？告诉你吧，照这样子，凭你到井里去打一辈子，也是打不起来的啊！"

笨哥儿两眼望着自己手里的那只竹篮，却总是想不出，为什么母亲的话，又是不对呢。

【故事注解】

① 踌躇（chóu chú）——犹豫的意思。
② 背（bēi）——用肩膀担负物件。

【成语释义】

　　意思是：闹了一场空。

【用法举例】

一、对话

　　甲："萍兄，多年不见了，你是哪一天来的？"

　　乙："哦，茗兄，我是昨天回来的！"

　　甲："这几年来，差不多全中国都给你跑遍了，我想，一定干了许多的事情吧！"

　　乙："嗳，见笑得很！这几年来，虽然忙忙碌碌，没有一刻闲暇，但是结果呢，依旧是'竹篮打水'，什么也没有做成！"

二、叙述

　　隔壁那位老婆婆，因为自己没有儿子，便在二十年前，领了一个别人的孩子回来抚养着。

　　她保抱提携，一直辛苦着，并且前年替他娶了妻子，满希望他有一天能够飞黄腾达，那么，她老来便有了依靠了。

　　哪知这孩子刚找到了一件差事，便带着他的妻子，一声不响地走了。因此，那老婆婆整天地哭泣着，悲愤这二十年的辛苦，犹如"竹篮打水"。

自相矛盾

（出《韩非子》）

【故事】

从前，楚国有一个人，是专门制造兵器的。有一天，他带着许多矛①和盾②，到市场上来卖。他不绝口地喊道："卖矛啊，卖矛啊，谁要买矛啊？"停一会儿，又喊道："卖盾啊，卖盾啊，谁要买盾啊？"

可是，过路的人，谁也不需要这种东西，谁也不去理会他。

他从早晨站到中午，所有的矛和盾，依旧没有动过一动，因此，他心里有些着急起来了。他想："今天的午饭还没有着落呢！要是再没有人来过问，岂不是便要挨一顿饿吗？"他越想越急，终于便疑心到自己的喊法儿有些不对。

他急于想卖掉他的矛和盾，便决心要改变他的喊法儿。——怎样改变呢？自然先要把矛和盾的好处喊出来，做一个口头的广告才行。

接着，他便又拉直了喉咙，喊起来道："卖矛啊，卖矛啊，我的矛是多么锐利啊！谁要买我的矛，快点来！卖完了，再也没处去买了！"停一会儿，又喊道："卖盾啊，卖盾啊，我的盾是多么坚固啊！谁要买我的盾，快点来！不来买，卖完没处去买啦！"

可是，过路的人，依旧是谁也不去搭理他。

他看看天快要黑了，肚子里更是饥饿得十分难受。他不觉自言自语地道："我已经饿得有些站不住了，要是再没有人来和我做交易，今天准定会饿出病来了！——唉！怎么站了一天，却一点儿生意也没有？——也许我的喊法仍旧有些不对吧！是的，应该再来改良，将我的矛和盾，说得更好些才是！"

他随手便拿起一支矛来，喊道："诸位快来瞧吧，我的矛到底锐利不锐利？如果不相信，请买一支回去试试看，便可以知道，这是无论什么东西都戳得穿的利器！"过了一会儿，又拿起一个盾来，喊道："诸位再瞧瞧我这个盾吧，到底坚固不坚固？如果不相信，请买一个回去试试看，便可以知道，这是无论什么东西都戳不穿的最好的保护器！……"

不料，他正说得十分得意的时候，忽然有一个人走过来，向他问道："朋友，你所说的话，是确实的吗？"

他以为那人是来和他做交易的，自然，心里顿时快乐起来，而且，一面更加要卖弄他的广告道："这哪里会骗人的，你不相信，可以买回去试试看。"

那人听了，却冷冷地笑道："我不要买你的矛和盾，我只要先问你一声：如果拿了你的矛，去戳你的盾，那会怎样呢？"

他听了那人的话，竟一个字也回答不出来，只是面孔涨得红红的，急忙收拾起了那些矛和盾，一溜烟似的逃跑了。

【故事注解】

① 矛（máo）——是一种兵器的名称，柄很长，头上有利刃。二丈长的，叫作酋矛；二丈四尺长的，叫作夷矛；头上起三角棱的，叫作枪（qiú）矛。

自相矛盾

② 盾（dùn）——是一种兵器名称，用来抵御敌人的兵器的。也叫作干，俗称藤牌。

【成语释义】

比方：做事或发言，前后的意旨不相符合。

【用法举例】

一、对话

甲："郑君，我今天请你吃饭，本该烧一碗鱼翅的。但是，因为那东西是日本货，所以我吩咐他们作罢了。"

乙："很好，很好，鱼翅我本来是不喜欢的，老实说，还不及这碗笋丝肉片汤好吃呢！"

甲："哦！你说这碗汤吗？也许不大有鲜味吧，要不要放些'味之素'进去？"

乙："咦！你说过不用日本货了，怎么又要放'味之素'呢？我觉得你的言行，实在太'自相矛盾'了啊！"

二、叙述

前年，荣生的父亲叫他到自己店里去管账，他说："我是陆军学校毕业的，怎么可以去经营商业？"

今年，他的父亲叫他去从军，他又说："打仗的事是很危险的，我还是去管理自己的店铺吧！"

父亲因为他前后说话"自相矛盾"，便大大地训责了他一番。

螳臂当车

（出《韩诗外传》）

【故事】

　　有一只螳螂①，它从小就住在一丛青草里。那青草丛因为长得太深了，不但一向是人迹罕至，而且，连牛、马、小鸟等，也没有走进去，或飞进去过。

　　在这草丛里，除了那螳螂以外，只有许多小虫儿，所以螳螂住在这中间，仿佛就是一个具有无上威力的王。他整天挺起了前面的两把大刀，耀武扬威地在草间巡游着，有时偶然遇着了一个小虫儿，它便不问情由，立刻举起刀来，把它弄死了当作点心。它想："世界上的一切，都是这样没用的，除了我，还有谁比我更勇武些呢？"

　　它这样想着，从此便更加骄傲起来了。

　　有一天，那螳螂又在草丛中舞刀，威吓那些小虫儿们，忽然有一阵辘辘②的声音，从远处渐渐地传到草丛中来。它侧着头，悄悄地听了一会儿，却辨不出是什么东西。它本来打算不去理它了，但是，那辘辘的声音，却愈逼愈近了，这真不由得使那螳螂发起怒来。

"谁有这样大的胆，竟敢到我这里来骚扰，非得警告他一下不可！"它暗暗地思索着，便打算跑到草丛外面去看一个明白。

原来这正是春秋时代，这一天，齐国的庄公③，因为闷在宫中，很觉无聊，所以便带了许多侍卫，挟了弓箭，携了鹰犬，到城外去打一回猎。那辘辘地响着的声音，自然便是庄公坐车上的轮子转动声了。

那螳螂刚走出草丛，到了大路上，瞥眼就瞧见那滚滚的车轮，竟像落雷一般地向它面前过来了，它又想："果然是好厉害的家伙！但是，我气力很大，肯定不会怕它吧！"接着，它就不慌不忙地举起两把大刀，很奋勇地赶到车子面前，预备去挡住庄公的车子。

庄公很逍遥地坐在车子里，一路上看看野景，吸些新鲜空气，正在安闲自适的当儿，不提防，忽然听见他的侍卫们笑了起来道："哈哈！这小东西，真太不知自量了。"

庄公听他们笑着，还当是发生了什么事故，连忙仰起头，向着车外瞧去。哪知车外除了自己几个侍卫以外，谁的影踪也没有。再仔细瞧瞧地上，只见一个青色的小虫，雄赳赳地挺起了两把刀子，正在车子面前迎着。庄公便问侍卫们道："什么事啊？"

侍卫们答道："我们看见了这只螳螂，觉得好笑呢！"

庄公道："看见了螳螂有什么好笑？"

侍卫们齐声答道："这螳螂拿它那般渺小的身体，倒想挡住我们的车子。看他那种不自量力的神气，怎么不使人觉得好笑呢？"

庄公正色道："你们不要笑它！它虽然不自量力，但是，它那种不畏强敌，只知前进，不知退避的勇敢精神，却是值得我们尊敬的。——现在，我们快把车子避过一边吧，不要将它伤害了！"

车夫听了庄公的命令，只得把车子往旁边赶了过去。那只不自量力的螳螂，幸亏遇着了这个敬重勇士的齐庄公，才没有把性命送掉。

【故事注解】

① 螳螂（táng láng）——是一种益虫。身体很长，腹部肥大，头为三角形，复眼高突，前胸如颈。前肢呈镰刀状，有棘刺，便于捕捉它种虫类，很有益于农事。螳臂，就是形容它的前肢，像手臂一般。

② 辘辘（lù）——是车轮滚动的声音。

③ 齐庄公——齐灵公的儿子，名光，在位六年。

【成语释义】

有两种意义：（1）比方能力薄弱，不能胜任；（2）讥笑人家，不自量力去做某种事务。

【用法举例】

一、对话

甲："这次我们替陕西省募捐，希望你也为灾民们尽些义务！"

乙："好的，我就捐助十块钱吧！"

甲："你自己捐助十块钱，当然非常感激。不过，我们却还有进一步的要求，想送一份捐册给你，托你再在朋友们那边代募一些！"

乙："大约要我代募多少呢？"

甲："越多越好，至少，也得一二万块钱才行！"

乙："好啦！这真是'螳臂当车'了，我哪里有这样大的力量呢？"

二、叙述

　　志善的学问，谁都知道是很有限的；就是论到他的资格，也不过是一个初中一年级的学历。

　　但是，他的野心真不小，近来不知从哪里筹到了一笔经费，设立了一个志善中学，居然做起校长来了。不过，凡是熟识他的人，却都笑他是"螳臂当车"呢！

南柯一梦

（出《南柯记》）

【故事】

　　唐朝①时候，东平县②有一个名叫淳于棼③的，是淮南④军中的一名裨将。只因他常常喜欢打架生事，所以，不久便被主帅革了职。

　　淳于棼的家，一向住在广陵城⑤东，屋子很大；而且，在他住宅的南面，还有一个大花园。园中有一株槐树，长得非常茂盛，那些粗粗的枝干和肥大的叶片，差不多罩满了半个园子，仿佛是一把绿伞一般。他失了官职，便回到广陵家中，天天只在园子里饮酒作乐。

　　有一天，淳于棼正闲着没事，忽然有两个朋友来访他，他便备了些菜，邀他们到园子里的槐树下面，饮酒谈心。

　　淳于棼的酒量，本来不见得怎样的。这一天，大家很快乐地猜拳行令，不期然地又多喝了几杯，不一会儿，他便醉得昏昏沉沉，渐渐地失去了知觉。

　　两个朋友看他醉得这般模样，连忙将他扶到书房里去安睡。他们俩便同在池边洗脚，想等他酒醒以后，重行畅谈。

淳于棼独自睡在书房里，恍惚中只看见两个穿紫衣服的人，很恭敬地走进来，在他的床前跪下了，说道："此刻，我们奉了槐安国⑥王的命令，特地来请你去相见！"淳于棼也并不根究他们的来历，糊里糊涂地便跟了他们，走出书房，坐上一辆华美的马车，向前进发。

哪知不到片刻，车子已经到了园子里的槐树下面了。这时，不知怎的，那车子和车子里的人，竟渐渐地缩小，直向那槐树下面的一个窟窿里钻了进去。

进了窟窿，车和人却依旧恢复了原状，而且，看看那窟窿里，觉得街道宽阔，人马往来，也很热闹。又走了数十里光景，才进了一座城门，门上嵌着一块石头的匾额，刻着"大槐安国"四个字。

不一会，车子忽然在一所雕梁画栋的大厦门口停住了，两个紫衣人便请淳于棼下了车，簇拥着他进了大厦，请他暂时住下了。这样接连几天，他吃的是山珍海味，用的是绣褥珠帘，对于饮食起居，般般适意，顿时使他忘记了广陵城东的家了。

又过了几天，忽然有一个服侍他的仆役，走来向他报告道："右丞相在外边请见！"淳于棼虽不认识那右丞相是什么人，但是，人家既要见他，只得整整衣襟，跟着那仆役走了出去。

那右丞相是位紫衣金冠的官员。他们宾主才坐定，那右丞相便开言道："我们国王，因为爱慕先生的才学，所以特地把先生请到国中。现在，国王又派我来请先生到宫里去晤谈。"

淳于棼一边谦逊地道谢，一边便跟了右丞相，同进宫去，拜见国王。

那国王高坐在殿上，四面侍卫森严，淳于棼却有些局促不安起来。幸亏，国王倒很和气，见了他，便说道："我有一个女儿，名叫瑶芳，从前我曾和你的父亲说定，将她许配给你。——这次，我迎接你来，就打算给你们成婚了。"淳于棼听说，只是俯伏在地上谢恩，再也不敢说一句话。过了一会儿，仍旧由右丞相引他出宫，到那大厦中息宿。

数天以后，淳于棼便果真和公主结了婚。才过不久，公主便劝淳于棼出去做官，自然，淳于棼是求之不得，便恳请公主，帮他到国王那里去说句话。当时，公主便进宫去，把这意思奏明了国王。第二天，国王便拜淳于棼为南柯郡⑦太守，并特许带了公主同去赴任。

这南柯郡，是槐安国里第一个大城，又繁华，又富足，人民也都安分守己，从来没有出过乱子。因此，淳于棼接连做了二十年太守，逍遥自在，政绩很好，国王得知了这情形，便又加封他为侯爵。而且，这时公主所生的两个儿子、两个女儿，也都和皇亲国戚配了婚，淳于棼的富贵，真是到了极点了。

可惜好景不长，当他正在得意的时候，忽然有一个檀萝国⑧的国王，带了数万雄兵，来侵犯南柯郡了。淳于棼得到了边疆上的告急文书，便命他的部属周弁⑨，领兵三万，前去征讨。可奈檀萝国的人马，委实来得厉害，周弁和他们厮杀了几次，结果，终于全军覆没，只剩下他单身一人，逃回南柯郡。淳于棼急得束手无策，只得把实在情形，报告了国王。国王在表面上虽仍加抚慰，但是，心里却从此有些不满意他了。

本来，淳于棼遭逢这种意外的打击，只要有公主在，对于他的地位是毫无影响的。哪知好好的公主，却又不先不后，在这时候死了。因此，他顿时便失却靠山，解除了南柯太守的职务，回到京城里去闲住着。

他一朝失了势，便有许多平时嫉妒他的人，又在国王面前参奏了他一本。国王对于他，从此愈加冷淡，竟借着一个叫他回家省亲的名目，送了他回去。

淳于棼跟着两个紫衣人，仍旧从来时的那条路上，走出了槐树根上的那个窟窿。他忽然两眼一睁，向四周瞧了一下，才明白自己的身体，还是睡在家中的书房里。他急忙起身，再跑到园子里去找寻那两个朋友，他们却在池边洗脚，还没有完毕呢：原来二十年的富贵，只是一场大梦罢了。

　　淳于棼把这经过告诉了两个朋友，他们便同到槐树下面去观察：只见那树根上的窟窿中，有一个蚂蚁的窝，中间站着一个极大的蚂蚁，大约就是那槐安国的国王。又在那南枝上找到一个较小的窝，当然就是淳于棼所治的南柯郡了。

【故事注解】

① 唐——朝代名。李渊受隋禅，国号叫唐，建都长安（今陕西西安）。疆域包括现在的长江黄河两流域，和福建、广东、广西、新疆天山南路、内蒙古、辽宁、吉林西部、黑龙江以北、越南等地。

② 东平——县名，今属山东省。

③ 淳于棼（fén）——小说中假设的人名，复姓淳于，名棼。

④ 淮南——淮水以南之地，唐朝分中国为十道，淮南就是其中之一。

⑤ 广陵——郡名，就是现在的江苏扬州。

⑥ 槐（huái）安国——是小说中假设的国名。

⑦ 南柯（kē）郡——是假设的地名。

⑧ 檀萝（tán luó）国——也是假设的国名。

⑨ 周弁（biàn）——是假设的人名。

【成语释义】

比方：人事的空幻。

【用法举例】

一、对话

甲："华先生，怎么很久不见你出来了？"

乙："唉！不要说了！自从今年三月间起，老婆、儿子都死啦，铺子也倒啦，接着，自己又生了两个多月的病，你说倒霉不倒霉！"

甲："哦，原来接连遭了这些不幸的事，怎么我们一点儿也不知道呢？——不过，你是胸怀豁达的人，总还是想开些才是！"

乙："是啊，人生本来犹如'南柯一梦'，我是早已看破的了。"

甲："那倒也不必这样消极。须知我们该做的事正多着，总还得努力地去做啊！"

二、叙述

前几年的陈石安，真是一帆风顺！——记得他起初的时候，不过是某公署的一个小小科员，不久却就升了科长，后来又调任了局长了。那时，他用了那搜刮得来的钱财，正在那里忙着置田产、造住宅，谁都在羡慕着他。

不料，他那营私纳贿的黑幕，前天忽然被人告发了。现在他的家产既被查抄，人也拘留在法院里，不知道结果怎样呢。我想，他如果早明白功名富贵都如"南柯一梦"，一定不至这样贪赃枉法了。

南柯一梦

庸人自扰

（谚语）

【故事】

某次战争开始的时候，在和平镇上，人人都担心着败兵快要到来了。他们时时刻刻谈论着战争的险恶，更想象那败兵们杀戮焚掠的惨状，渐渐地竟至寝食不安起来。

其中最急切的，尤其要算那富翁李仁哉。他一方面在鬼鬼祟祟地处置他的财产，一方面又忙忙碌碌地到各处去探听消息。差不多把他的光阴，都为了这件事而消磨了。

幸喜，一天一天平安地过去了，他们忧愁着的惨祸，却终于没有到来。因此，那浮动着的人心，也渐渐地镇静了下去。但是，李仁哉在这天晚上，却因忧虑过度，发起神经来了。一霎时，他恍恍惚惚[1]地只看见一队队的败兵，都到了和平镇上，一径向他的家里闯了进来：有的跑上楼去，用剌刀挖开箱子，任意地搜寻钱财；有的拿着手枪，对准了他的胸膛，快要开枪了；更有的放起火来，烧他的房子。他顿时吓得手足瘫[2]软，急急向门外逃去。

仁哉一路奔跑着，一路高声喊叫着："邻居们，快来救救我呀，败兵已经到我的家里了，他们在放火，大家快来救救我呀!"

住在李家隔壁的,是开豆腐店的王小二。他第一个听见仁哉的喊声,心想:"不错,我们镇上最有钱的,就要算李仁哉,当然,败兵们是首先要到他家里去抢劫的。——我的店里虽然没有什么好抢,但是,火如果延烧过来,我刚才磨好的一桶豆腐浆,不是也要被糟蹋了吗?"

王小二想着,便背起一桶热烘烘的豆腐浆,开门出去,跟着李仁哉一同逃跑,并且也帮着喊道:"不好了,不好了,败兵来了,败兵来了!"

在这条街上,每个人都被他们从梦中喊醒了,大家都起来预备逃避。

有一位杂货店里的老太太,她也睡眼蒙眬地起来,打算到店堂里去点起灯来,检点检点店里的账簿。不料她一不小心,刚好撞在那堆叠着的汽油箱上,立刻,轰隆一声,那些汽油箱都一齐倒了下来。

那老太太在黑暗里,吓得心慌意乱,连忙也赶出去喊道:"不好了,不好了,轰隆轰隆的大炮也响起来了,大家快逃呀!"

全街的人,听到这样的响声和她的喊叫声,便更加惊惶失措了。他们一齐扰攘着,奔跑着,把树上停宿着的小鸟们也吓醒了,它们便跳出窠来,啪啪地扇着翅膀,飞到天空中去了。于是,许多人又喊起来道:"小心些,你们没听见那天空中啪啪的飞机声吗?留神他们会扔下炸弹来呢!"

"哎呀,真的吗?我们还是快些逃出市镇吧!"大家同声地说着,便急急忙忙地向镇外跑去,有的抱着自己的孩子,孩子因受惊而啼叫了;有的携着妻子,妻子因走不动而痛哭了。在这环境中,只有恐怖和悲惨。

渐渐地,这一大队人,已经逃到一个小村庄上了。但是,哭的依旧哭着，叫的依旧叫着，又把那四野里的狗都惊起了。它们一呼百应，汪汪地吠着，村庄里的人听到了，都以为一定有什么事变发生了。不料再仔细一听，却又夹着一片嘈杂的人声，这自然愈使他们惶惑不定了。

村人们从床上跳了起来，都说："强盗来了，也许会洗劫我们全村了吧！"接着，各人便找了一些锄头、铁耙之类，赶忙出门去抵御。

从镇上逃来的那班人呢，在黑暗里只见迎面黑压压地来了这许多人，并且手里都拿着家伙，又以为是败兵打后面抄过来了，因此，哭的更加哭得响了，叫的更加叫得起劲了，大家便又回转身去，向着来时的路上奔逃。

他们这样追的追着，逃的逃着，一直闹到天明。等到两方面互相仔细一瞧，才知道并没有什么强盗，也没有什么败兵，不过是一场"庸人③自扰④"的闹剧罢了。

【故事注解】

① 恍惚（huǎng hū）——模模糊糊。

② 瘫（tān）——肢体不能行动。

③ 庸（yōng）——庸人，就是愚人。

④ 扰（rǎo）——扰乱。

【成语释义】

本来一点事儿也没有，没见识的人却凭空互相骚扰起来。

【用法举例】

一、对话

甲："今天我从大中银行门口经过，看见里面挤满了人，不知道发生了什么事儿。"

乙："你还不知道吗？大中银行忽然发生了挤兑的风潮了。"

甲："为的什么缘故呢？"

乙："谁知道呢，大约是一班兑换店的人，故意造些谣言，要想从中牟利罢了！"

甲："银行里可受了影响没有？"

乙："没有什么影响。因为他们的准备金很充足，所以那些去兑现的人，看到了这种情形，自己也知道是'庸人自扰'了。"

二、叙述

有一个做绸缎生意的人，他听见人家说："现在有人提倡俭朴主义，人人都要改穿布衣了，所有的绸缎，也许从此卖不出去了。"

他心里非常忧虑，因此，连忙把绸缎半价拍卖了，立刻改做布匹生意。

过了几天，他又听见人家说："织布的洋纱，都是从外国来的，现在有人提倡爱国主义，都说还是织绸缎的蚕丝，倒是中国自己出产的，所以，大家又要改穿绸衣了。这样看来，你所有的布匹，哪里还卖得出去呢？"

他听了这话，很惶恐，连忙又把布匹半价卖去了，重做绸缎生意。这样经过几次的反复，他的本钱便亏损了一大半，他的营业也就此失败了。他虽然很懊悔，不该听了人家的话，做出这种"庸人自扰"的事来，但是，已经来不及了。

愚公移山

（出《列子》）

【故事】

　　从前，在冀州①的南面，河阳②的北面，有两座大山：一座叫作太形③；一座叫作王屋④。这两座山是连在一起的，周围约七百多里，高约一万仞⑤。所以要从山的这面，走到那一面去，谁都觉得很困难，但是谁都没有改良的方法。

　　在这两座山的北麓⑥，住着一个老翁，名字叫作愚公⑦，年纪快近九十岁了。他平生没有不快意的事儿，只有门前雄踞着的这两座大山，使他进出十分不便，却是时刻感到讨厌的。

　　有一天，愚公召集了全家的人，聚在一处，打算商量一个处置这两座大山的计划。于是，他首先发言道："我的意思，我们从此以后，要想进出十分便利，没有别的方法，自然，只有大家尽一点儿力，索性把这两座妨碍交通的大山铲平了吧。不知道你们以为怎样？"

　　他的儿子、孙子们，听了这番议论，都很赞成地道："这方法很好，我们从今天起，便一齐来动手吧！"

　　只有他的老妻，却迟迟疑疑地，含着讥讽的口气道："事情有这样容易吗？老实说，尽你平生的力量，也许连铲平一个土堆子都很难，怎么还想去铲平那太形、王屋呢？况且，即使给你铲平了，试问这样大的两座山，铲下来的许多石头和泥土，放到哪里去呢？——要是你仍旧将它堆积在一起，不是和不铲一样吗？"

儿子、孙子都说："那倒不要紧，我们只要把它一担一担地运到东边，投到渤海⑧里就是了。"

愚公很高兴地拍着手道："对啊，到底孩子们的思想是很不错的！"

他们这次会议的结果，便是决定依照愚公的主张，各人尽力去铲平这两座大山。

到了第二天，愚公早已把应用的工具，都置备完全了。他便率领了儿子、孙子，大家背了锄头、铁耙，挑了竹箩、畚箕，跑到山顶上去开始工作了。

一霎时，只见他们七手八脚，个个都很忙碌地动起手来：有的开石头；有的垦泥土；有的把开垦下来的石头、泥土，放到竹箩和畚箕里，预备运到渤海边上去。他们虽然汗流浃背，但是，大家都很高兴，所以也不觉得吃力了。

从这天起，他们便每天这样工作着，一直没有停过工。

愚公的邻居京城氏⑨的寡妇，有一个独生子，年纪还只有七八岁，他看见愚公和他的孙子，都这样劳动着，便暗暗地思量："他们为了公益的事，都这样热心，我为什么不去参加呢？"因此，他便把这意思告诉了母亲，打定主意要去帮助他们。寡妇拗不过他，也只得答应了他。自此，愚公的铲山工作，便格外有进步了。

但是，不久，这件事已经传遍了远近，大家都暗笑那愚公的蠢笨。其中有一个住在河曲⑩名叫智叟⑪的，为人很是聪明伶俐，他知道了这件事，便一边冷笑着，一边撑起了拐杖，上山去会见愚公。他说："朋友，你怎么这样发呆？现在，你且瞧瞧吧，这两座山是多么地高，多么地大！你九十多岁的人，就是终你的一生，能够铲去多少呢？所以，依我的意思，你还是赶紧停止这种愚笨的举动，回家去享享福吧！"

愚公听说，不觉也冷笑道："亏你还算是个聪明人，怎么你的见识，反不及京城氏寡妇家的那个小孩子呢？你要知道，我虽然活不多久了，但是，我还有儿子、孙子，将来孙子又会生出儿子来，孙子的儿子，也要生出儿子来。这样子子孙孙地生下去，一定是不会有穷尽的。只要他们能继续我的工作，一代一代地铲下去，山是不会再长高起来了，铲去一些，便少了一些，还怕铲它不平吗？"智叟听了这番议论，竟一句话也回答不出来，便很羞愧地告别了愚公，回家去了。

后来，山神也知道了愚公那种坚毅勇敢的精神，生怕他真的会把山铲平，自己便没有存身之地了。因此，把这事报告了上帝，上帝派了两位神人，将这两座大山搬掉了。从此，再没有大山阻碍交通，他们的进出就很便利了。

【故事注解】

① 冀（jì）州——古九州之一，约当现在河北、山西二省，及河南黄河以北，辽宁辽河以西的地方。历代虽屡有变更，但自后魏以后，大都以信都为冀州，就是现在河北的冀州市。

② 河阳——春秋地名。今河南孟州市，有河阳旧城。

③ 太形——山名，亦称太行，也叫作五行。连亘于河南、山西及河北界。山共一百余，大概随地变更名称。现在地理学家，则以汾河以东，碣石以西，长城、黄河之间的诸山，为太行山脉。山西晋城市南，也有太行山，便是山的主峰。

④ 王屋——也是山名，亦称天檀山，在今山西阳城县西南，南跨河南济源市，西跨垣曲县界。

⑤ 仞（rèn）——八尺叫作仞。

⑥ 麓（lù）——山脚边。

⑦ 愚公——假定的人名。

⑧ 渤（bó）海——辽东半岛和山东半岛间的内海，长约八百一十六里，阔约四百七十里。

⑨ 京城——邻人的姓氏。

⑩ 河曲——春秋时地名，秦和晋曾在此处开战，就是现在的山西永济市。

⑪ 智叟（sǒu）——也是假托的人名。

【成语释义】

　　比方：有坚毅勇敢的精神，做事不怕艰难。

【用法举例】

一、对话

　　甲："近来你遇到过苏君吗？不知道他整天躲在家里，干些什么？"

　　乙："他近来在家里只是读书。据说，他已经定好了计划，要在这十年之中，把世界各国的重要科学书完全翻译出来呢。"

　　甲："呦！这事也许不大容易吧。不过，他那'愚公移山'的志向，倒很可佩服的。"

　　乙："是啊！我也是这样说。"

愚公移山

二、叙述

外国人发明一种事物，每每总是竭一生的精力，经过千百次试验才成功的。这种"愚公移山"似的工作，没有坚忍功夫的人，是无论如何也做不到的。

哑巴梦见了妈

（谚语）

【故事】

每天，当那光明美丽的太阳，刚刚从东方升起，树上的小鸟儿都一齐飞出窝来，唱它们欢乐的歌。就是家家的孩子们，也都背着书包，一跳一跃地跟着他们的小朋友，到学校里去了。

只有那铁匠铺里的学徒哑巴小三，是享不到这种幸福的。他一早起来，便照例要噼啪噼啪①地扇着风箱，替他师傅生起炉子来。那一阵一阵的煤灰，从炉子里扬起来，落在小三的肩上、背上和头面上，仿佛像是黑色的雪花一般。有时，他用力过度，汗出得太多了，偶然举手在脸上抹一下，立刻，便会变成一个大花脸。

但是，这种生活，在小三还不觉得怎样的痛苦。真的，他最畏惧的，却是他师傅那双像蒲扇般的大手。

小三的师傅是一个喜欢喝酒的粗暴的铁匠，只要他一喝醉了酒，便是小三的厄运临头了。因为，师傅是不爱听他那种"咿咿呀呀"②的哑巴声音的。在平时，虽然还能特别地原谅他，不和他计较，可是，到了酒醉以后，却无论怎样不能饶赦他了。

小三自然自己也知道，那种语音都分不清楚的"咿咿呀呀"的叫声，是十分讨厌的。他屡次想努力地把自己的声调改过来，改变得和普通的人一样，能够清清楚楚地说话。无奈他是一个天生的哑巴，叫他又有什么办法好想呢？

有一天下午，师傅工作完了以后，便把工具收拾了一下，吩咐小三说："我要出去了。你好好地把铺子看守着，如果有人来买铁器，你便代我招待他们！"说着，师傅自然便和往常一样，踱到桥边的小酒店里去了。

小三暂时卸下了牛马般的劳作，才得呼吸一口自由的空气。他正想在铁砧③上坐下来休息一会儿，忽然有一个买主进来了。

"喂，小伙计，你们铺子里可有锋利的切菜刀吗？"那买主对着小三说。

"咿咿呀呀！"小三这样叫着，意思是问他，要哪一种菜刀。只是，那买主却不懂他的话。

"向你买切菜刀，你只要拿出切菜刀来就是了，叽里咕噜的，说些什么呢？"买主很有些不高兴了。

小三不敢怠慢，连忙从架上拿下一把菜刀来，递过来给他看道："咿咿呀呀！"意思是说："这把刀对不对？"那买主却仍旧不懂他的话。

"这把刀要多少钱啊？"买主问。

"咿咿呀呀！"小三回答他，意思是说："五角六分。"那买主却仍旧不懂他的话。

"讨厌极了，谁耐烦和你做交易？！"买主恨恨地说，便打算回身走了。

恰巧，这当儿，师傅喝得东倒西歪地回来了，看见那买主很有些动怒的神气，便向他盘问原因。那买主本来不知道小三是个哑巴，还当他是故意和他开玩笑，便把刚才那回事，完全告诉了他的师傅。

师傅听了，愤怒极了，他圆睁着两只血红的醉眼，大喝一声道："小鬼，照你这样子，连我铺子里的生意，都要被你糟蹋干净了！"师傅喝骂着，便举起那只颤巍巍的手，拾起地上的一根铁条来，猛力向着小三打去。

立刻，小三的头上，脸上，手上……都淌出鲜红的血来了。小三哇地哭了一声，倒在地上，人事不知了。

等他醒来的时候，他的身体，早已被他师傅移到自己床上的破絮中了。他睁眼一看，觉得四周的屋子都在转动，而且满身像火烧似的，又痛又热，十分难受。他很想找些水来喝，可是，像他那种不幸的人，更有谁来理他呢？这时候，便不由他不记起那唯一爱他的人——他的妈妈来了。他想："妈妈呀，你是热望你的儿子将来能够得到一种正当的职业，才硬了心肠，送我到这里来的。但是，你可知道，你儿子的生命，差不多要断送在人家的手里了。——这是料得到的，要是让你看到你儿子此刻的情形，你一定情愿母子俩饿死在一块，一定情愿立刻带我回家了吧！……妈妈呀！你的儿子受伤已经很重了，今生不知道还能见到亲爱的妈妈一面吗？……"

小三呜咽地哭着，便昏昏沉沉地仿佛换了一个境地似的，不知怎的一瞥眼，只见他所想念着的妈妈，已经站在他的面前了。

妈妈爱抚着他道："小三，你怎么满身都是伤痕？……是谁欺侮了你？……现在觉得疼吗？……快说吧，快告诉妈妈，妈妈好替你做主！……"

小三立刻投在妈妈的怀里，似乎忘记自己是一个哑巴了。他"咿咿呀呀"地，想把自己所受的委屈告诉妈妈，但是"咿咿呀呀"，终究只有"咿咿呀呀"几个单调的音，怎能把他的痛苦说出来呢？

他恨极了，不觉咬牙切齿，双足乱蹬着，不料身上的伤痕受了震动，他喊了一声疼，便又醒了过来。——呀，哪里有他的妈妈，不过是一个短促的梦啊！

【故事注解】

① 噼啪噼啪——形容扇风箱的声音。

② 咿咿呀呀——形容哑巴的叫声。

③ 砧（zhēn）——打铁的礅。

【成语释义】

意思是：有话说不出。

【用法举例】

一、对话

甲："钱君的营业，完全失败了，也许要破产呢！——你知道吗？"

乙："啊，怎么会弄得这样的糟啊？"

甲："这是他自己太不小心，所以便中了人家的圈套了！"

乙："那么，现在钱君打算怎样呢？"

甲："事情已经到了这个地步，他终于像'哑巴梦见了妈'啦！"

二、叙述

魏金枝有三个儿子，个个都是很淘气的。

前年冬天，大儿子上山去打猎，失手误伤了一个乡下人，金枝赔偿了二百块钱，才算了事。去年春天，第二个儿子在大街上跑马，踩死了一个杂货店的伙计，金枝又花了五百块钱，作为抚恤金。到了今年秋天，第三个儿子竟做了盗匪，干起杀戮抢劫的勾当。结果，连魏家的所有田产、房屋都被官厅抄没了。

那诚实而年高的魏金枝，接连地遇到这几件不幸的事，正如"哑巴梦见了妈"一般，只有自己知道了。

哑巴梦见了妈

毛遂自荐

（出《史记》）

【故事】

秦国出兵去攻伐赵国①，打败了赵国的四十万大军，正预备进攻邯郸②。

赵王听到了这个消息，真是吃惊不小，便派了平原君③，到楚国去求救兵。

平原君在动身以前，打算在他门下的食客④中，挑选二十个有文武全才的人同去，以便互相有个照应。

可是，挑选了好一会儿，只得到了十九人，其余的一人，却凭他怎样挑来选去，终于选不出来了。

平原君不觉叹道："我收养食客，已经有数十年了，怎么真正有才干的，却这样不容易得到呢？"

这时候，在下面座位上，忽然有一个貌不惊人的食客，倏地站了起来，自己向平原君举荐道："像我这样的人，不知道也可以凑一个数吗？"

平原君一向没有注意到这个食客，竟连他的姓名也不知道。现在在这无可奈何的当儿，只得勉强问他道："你姓什么？叫什么名字？"

那食客回答道："我姓毛，名遂⑤，在你门下做食客，已经有三年了！"

平原君听说，笑道："大凡一个有才干的人，生在世上，犹如一柄锥子，放在一只袋子里，它那锐利的锋芒，立刻就会显露出来的；现在，先生在胜⑥门下已经住了三年，怎么连你的名字也没有听见过？可见先生对于文武两道，是一无所长的了！"

毛遂道："我今天的请求，就是要你将我放到袋子里去罢了！如果你早把我放在袋子里了，那么，我一定完全都已经显露出来，岂止是露点儿锋芒呢？"

平原君因为他应对很机敏，便勉强将他凑了数，一同向楚国进发。

到了楚国，先由春申君⑦去疏通了楚考烈王⑧，才得入宫谒见。行过了相见礼，楚王和平原君坐在殿上，商量联合对付秦国的事。毛遂和其余的十九人，却很整齐地排列着，一同站在阶下。

他们商量了好半天，依旧没有解决的办法，毛遂看看太阳快要移到正中了，那十九人又都是一言不发的，毫无表示。他知道这一次的奔走，大半儿是失败的了。

这样又过了好一会儿，毛遂真急得不能再忍耐了，他便不由分说，一个人拔出了宝剑，一步一步地走上殿阶，直捷爽快地对平原君说道："赵、楚联合对付秦国的事，利害如何，只要两三句话便可以决定了。现在从太阳初出的时候到这里来，一直商量到日中，还没有决定，这是什么缘故呢？"

楚王看见他这样自由行动，便怒喝道："这是什么人？"

平原君道："他是我门下的食客，名叫毛遂！"

楚王又对毛遂道："我正在和你君议事，哪里有你说话的份儿？快点儿，哪儿来回哪儿去吧！"

哪知，毛遂不但不听他的话，而且又走上了几步，按着剑，侃侃地说道："对付秦国的事，是天下的大事，天下人都可以说一句话，怎么我便不可以说话呢？况且，我君就在面前，你这样地叱责我，难道是两国交际上的礼貌吗？"

　　楚王被他这样一说，倒有些不好意思起来，只得装成和颜悦色的样子，问他道："好吧，你有什么话，就请你说一个清楚吧！"

　　毛遂道："楚国有土地五千余里，自武、文⑨称王以来，一直国势强盛，号为盟主⑩。哪知，自秦人崛起以后，楚兵几次被他们打败；怀王⑪也被他监禁而死。白起⑫不过一个小竖子罢了，他一战再战，竟将楚国的鄢、郢⑬各地，都占据了去，甚至被他们逼迫得将国都也迁移了。这种奇耻大辱，依我想起来，就是三尺童子，也一定知道是可羞的，怎么大王却忘记了呢？——老实说，今天这次对付秦国的会议，并不是只为了赵国，实在还是替你们楚国打算啊！"

　　楚王听说，不期然地连连点头道："是，是！"

　　毛遂道："大王的意思，已经决定了吗？"

　　楚王道："决定了，决定了！"

　　毛遂便吩咐楚王的左右，拿了一个歃血盘⑭进来，他跪着递给楚王道："大王是这次盟约的首领，应当先歃，其次是我君，再次便该轮到我毛遂。"

　　各人歃血既毕，楚王就算是答应了他们的请求，立刻，便命春申君带兵八万去救赵国。

　　平原君回到赵国，慨叹道："毛先生的三寸舌头，竟比一百万的兵还厉害。我虽然曾经交接过很多很多的人，但是，当初要是没有他的'自荐'，也许一直不会知道他的才干吧！唉，从此以后，我不敢再相天下士了。"

　　毛遂从此便做了平原君家里的上客。

【故事注解】

① 赵——战国时晋卿韩、魏、赵三家，分晋自立。赵所得地，是现在河北省南部和山西省北部，后灭于秦。

② 邯郸（hán dān）——战国时，赵国的国都。就是现在河北的邯郸市。

③ 平原君——战国赵武灵王的儿子，名胜，封于平原，所以叫作平原君。曾做赵国的宰相。好宾客，门下有食客数千人。

④ 食客——就是门客。战国时候的卿相家中，大都养着食客。

⑤ 毛遂（suí）——战国时赵国大梁人。

⑥ 胜——参看注③。

⑦ 春申君——战国时候楚相黄歇的封号。他相楚二十余年。

⑧ 楚考烈王——名熊元，是顷襄王的儿子，在位二十五年。

⑨ 武、文——武是楚武王，楚若敖的孙子，名熊通，在位五十一年；文是楚文王，武王的儿子，名熊赀（zī），在位十三年。

⑩ 盟主——各国联盟的首领。

⑪ 怀王——战国楚威王的儿子，名熊槐，在位三十年。

⑫ 白起——秦国郿人，善用兵。在昭王时，封武安君。后来和范睢发生了意见，终于被赐死了。

⑬ 鄢（yān）、郢（yǐng）——都是楚国的地名。鄢，在今湖北宜城县境；郢，是楚国的国都，就是现在湖北荆州市北的纪南城。

⑭ 歃（shà）血盘——古时候，凡是立盟誓的人，都应该用些牛马猪羊的血来涂在嘴边，就叫作歃血。那盛血的盘子，就叫作歃血盘。

【成语释义】

自己介绍自己。

一、对话

甲："老表兄，听说贵公司新近有几位职员辞职了，不知道确实不确实？"

乙："是的，的确有这一回事！"

甲："那么大约总要添聘几位新职员吧？"

乙："是的，怎么样？"

甲："既然要添聘职员，像我这样的资格，不知道可以替我想想法吗？——你是知道我的，我是商科大学毕业，而且还担任过银行会计，自信总还不至于不胜任吧！"

乙："好啦，好啦，请你不必'毛遂自荐'了！老实告诉你，我是早想把你介绍进去的，只因为你在民生银行里所做的事，名誉实在弄得太糟了，叫我还有什么方法好想呢？"

二、叙述

萝舟先生要替他的父亲作一篇传记，曾经托了好多朋友，想介绍一位著名的文学家，来担任这件事。

益泉听到这个消息，便劝祝三自己拟作一篇拿给萝舟去瞧瞧，也许可以得到一笔丰厚的酬金。

但是，祝三却很反对，他以为萝舟先生如果是真的佩服他，自然会托人去请他的。否则，硬去"毛遂自荐"，徒然有损自己的声望。

唇亡齿寒

（出《左传》）

【故事】

晋国 ① 和虢国 ② 的中间，却隔着一个虞国 ③。如果从晋国到虢国去，一定要通过虞国，才能达到。

这时候，晋国和虢国，不知为了什么事，积了深仇，晋献公 ④ 便想带兵去攻打虢国，以图报复。但是，晋国的人马，不会飞行，怎能越过虞国的边境呢？因此，晋国的大夫荀息 ⑤，便献计道："我们只要拿屈地 ⑥ 出产的良马和垂棘 ⑦ 出产的美玉，先去送给虞君，然后再和他商量，假道 ⑧ 伐虢。我想：他既然接受了我们的礼物，一定不好意思不答应的，这样，我们便可以报仇了。"

献公却迟疑不决地说道："这些，都是我们晋国的宝物，怎么可以拿去送给别国呢？"

荀息微笑道："这原是暂时使他高兴一下罢了，哪里真的送给他的？——因为，假使虞君真的允许假道，那么，我们在灭了虢国以后，便可以回过兵来，出其不意地，将虞国也一齐灭了。那时，我们仍旧可以收回那些宝物，现在不是像寄存在外府 ⑨ 一样吗？"

献公听说，依旧是踌躇着道："这计策虽妙，只是，虞国有一个宫之奇⑩在那里，也许终于瞒不过他吧！"

荀息道："这倒不必忧虑！要知道，宫之奇虽能识破我们的计策，但是，他的年龄和虞君差不多，不是一个年高望重的老臣，虞君并没有畏惧他的心。即使他进言劝阻，虞君也一定不会听从他的话。况且，宫之奇的为人，谁都知道是非常懦弱的，不敢触怒国君，他要是劝了一次，虞君不去听他，也就罢了，绝不会再三竭力劝阻的。所以，依我看来，这个计策，尽可行得。"

献公听荀息说得十分有理，便叫他带了屈地出产的良马和垂棘出产的美玉，到虞国去请求假道。

虞君收受了这些礼物，欢喜得什么似的，真的立刻便允许了晋国的请求，并且还自告奋勇地情愿出兵相助。宫之奇竭力谏阻，虞君始终不听。

荀息得到了圆满的答复，便回国来带领着军队，会合了虞师，同去伐虢，直取得了虢国的大城下阳⑪，才班师回来，打算暂时休养一下。

这样过了三年，晋国又派遣使臣到虞国去，要求再假道伐虢。

宫之奇趁这机会，又对虞君说道："晋国一定不怀好意，上次允许他们假道，已经很不应该，这一次，切不可再允许他了。实在的，虢国犹如一个人的嘴唇，我们虞国犹如牙齿，'唇亡齿寒'，要是虢国亡了，我们虞国还能独存吗？所以，晋国伐虢，对于我们是只有害，没有利的。"

虞君道："晋国和我国是同宗，哪里便会害我们呢？"

宫之奇道："虢国和晋国，也是同宗，晋国既然可以灭虢，难道不可以灭虞吗？"

但是，虞君终于不听宫之奇的话，竟允许了晋国的请求。宫

中华成语故事

之奇回家叹道："晋国这次出兵，定可以一举两得，我们虞国的命运，恐怕过不了今年了。"

第二天，他便带了全族的人，避到别处去了。

这年冬天，晋军灭虢，回兵经过虞国，出其不意，真的便将虞国灭了。——果然不出宫之奇所料。

【故事注解】

① 晋国——春秋时候的国名，姓姬，周成王弟唐叔虞之后。疆土包括今山西省及河北南部、陕西中部、河南西北部，后来分为韩、魏、赵三国。

② 虢（guó）国——春秋时姬姓国，在今山西省平陆县。

③ 虞（yú）国——也是春秋时候的姬姓国，也在现在山西省平陆县。

④ 晋献公——名佹（guǐ）诸，武公子，文公父。

⑤ 荀（xún）息——晋公族，字叔，献公时大夫。

⑥ 屈——地名。出产的良马，是当时晋国有名的产物。

⑦ 垂棘（jí）——也是晋国的地名，出产美玉。

⑧ 假道——就是借路。晋国的兵，向虞国借一条路，走过去伐虢国，就叫作"假道伐虢"。

⑨ 外府——府，就是藏财物的府库。外府，就是设在外面的府库。

⑩ 宫之奇——虞国的贤大夫。

⑪ 下阳——地名，在今山西省平陆县境。

【成语释义】

比方：彼此相依，一个受了损害，一个也跟着受害。

唇亡齿寒

【用法举例】

一、对话

甲："金先生，这几天你曾遇见过我们同行的叶伯仁吗？"

乙："没有遇见过，怎么啦？"

甲："他近来仿佛是疯了一般，到处在发表他'打倒中医，提倡西医'的议论呢！"

乙："哦，有这样的事！他自己家里开的药材铺子，不是也和我们同样地在卖中药吗？"

甲："是的，我也和他说过，中医和中药铺子，是有连带的关系的。要是中医打倒了，到那时，'唇亡齿寒'，我们的药材铺子还能保得住吗？但是，他终于不知改悛，怎么办呢？"

二、叙述

山海关外一带地方，实在是我国内地的屏障。

近年来，我们的近邻日本竭力地在施行侵略，他们的势力，已渐渐地伸张到了那里。国民要是再不憬然觉悟，一旦那里被他们占据了去，那么，"唇亡齿寒"，我们的内地也就很危险了。

漆身吞炭

（出《国策》）

【故事】

当战国时候，晋国有好几个贵族，就是：智伯 ①、范氏、中行氏 ②、韩康子 ③、魏桓子 ④、赵襄子 ⑤ 等。他们都有很大的封地，势力也都是很大的。

范氏、中行氏的属下，有一个名字叫作豫让的人，他虽然在范氏、中行氏那边做了好几年事，但是，范氏、中行氏并不信任他，因此，豫让所有的才能，始终施展不出来。

他这样郁郁不得志地过了几年，便离开了范氏、中行氏，到智伯那里去做事了。智伯知道豫让是一个有才学的人，便十分地看重他，叫他担任机密的事务。豫让感恩知己，从此一心一意地替智伯谋划一切，不到几年，竟将范氏、中行氏灭掉了。

智伯势力渐大，他便和韩康子、魏桓子二人订了约，共同联合了去打赵襄子。襄子听到了这个消息，非常害怕，他便派人到康子、桓子二人那边去，对他们说道："智伯的势力，现在是一天一天地大起来了，要是此时不趁早处置他，将来我襄子被他灭掉了，恐怕你们韩、魏二家，也不见得会站得住吧！"

　　康子、桓子二人给他这样一提醒，觉得这话的确很不错。二人商量了一下，便倒起戈来。智伯出其不意地受了这样一个大打击，当即全军溃散，连他自己也被赵襄子捉住，杀死了。

　　韩、魏、赵三家，得了胜利，就将智伯所有的土地，平均瓜分了，建立了韩⑥、魏⑦、赵⑧三国。

　　豫让从乱军中逃出，一直逃到鲁国⑨。他常常想起智伯待他的恩惠，不觉簌簌地流下泪来道："士应该为知己者死。智伯既是我的知己，我从此便应该拼了命，替他报仇！"

　　他打定了主意，便立刻改变了姓名，扮成了一个奴仆的模样，投到襄子家里去做工。

　　有一天早晨，他知道襄子将要到厕所中去出恭，便暗暗地带了一把匕首⑩，预先在厕所里躲藏着。等到襄子走进了厕所，他便倏地跳了出来，打算将襄子刺死。幸亏，襄子身边带有几个强悍的仆人，所以，豫让刚刚跳到襄子面前，就被他们捉住了。

　　襄子当即审问他道："我一向并不认识你，当然和你无仇无怨的。现在你带了匕首，竟想来暗杀我，到底是什么缘故呢"

　　豫让却不慌不忙地大声说道："你不是曾经杀死智伯吗？——老实告诉你：我就是智伯的臣子豫让，现在要来刺死你，是打算替智伯报仇！"

　　襄子的仆人们听他说出这样的话来，个个都恶狠狠地嚷着道："快将他杀死了吧，免得留为将来的祸患！"

　　倒是襄子，看见豫让有这样的义气，心里着实有些佩服他，便对仆人们道："他能替智伯报仇，这是很可敬的。现在，你们且不要为难他，还是放他回去吧！"

　　仆人们虽然再三怂恿襄子，一定要将他杀死，但是，襄子终于不肯答应，竟放他走了。

　　豫让从襄子家里出来，还是没有将报仇的心思打消。他天天带了匕首，总是在附近的大街小巷徘徊着，希望有机会遇到襄子，仍旧要将他杀死。

他又恐怕被襄子的仆人们碰见了，将他的秘密揭破，所以，自己便剃光了头发，拔去了眉毛，浑身涂了黑漆，装作一个癞头叫花子的样子，去坐在襄子常常往来的路上，向人求乞，竟连自己的家庭都忘记了。

他的妻自从丈夫失踪以后，便终日跑来跑去地寻找他。有一天，她凑巧遇到了这个豫让所扮的叫花子，正在大呼小叫求讨着。她听听他的声音，真是酷肖她的丈夫，再仔细认认他的容貌。却又没有一点儿相像的地方，因此，她自言自语地道："啊，认错了人了！要是不看容貌，只听声音，我一定还真当是他呢！"

豫让看见他的妻，又转到别条街上去了，心想："到底还不行啊！要是不将声音改变，终于还有人会认识我的。"

他想着，立刻便去找了些炭来，直着喉咙，一条一条地吞下去，渐渐地竟将喉咙擦伤，连声音也变得哑了。豫让自己以为这一来，再没有人认识他了。

哪知，豫让有一个要好的朋友，一看到他的一举一动，便猜到他一定是豫让。当即悄悄地将他招呼到一个僻静的地方，对他说道："你这个人真笨呀，你要杀死赵襄子，何必要这样毁伤自己的身体！——依我的主意，你只要假装投降了他，暂时去做他的臣子。老实说，像你这样的才干，他是一定会信任你的。然后，你再慢慢地相机行事，趁他没有防备的时候，就将他刺死了，不是很容易的吗？"

豫让道："这不是我做的事！我如果做了襄子的臣子，就不应该再去杀死他。否则，就算是怀着贰心的臣子了。现在，我所以要'漆身吞炭'替智伯报仇，还不是要做一个榜样给怀贰心的臣子们瞧瞧呀！"

漆身吞炭

豫让一边说着，竟头也不回地走了，仍旧奔波在街头巷尾，过着他那求乞的生活。

这样又过了好些时候。有一天，豫让打听到襄子，将要到城外去打猎。于是，他便带了一把匕首，去躲在城门口的那座吊桥⑪下面，预备等襄子出城来，便可以动手。

一会儿，襄子果然骑着马来了，他刚走到那座吊桥边，不知怎的，那匹马忽然惊跳起来了。襄子知道桥下一定有什么变故，连忙叫仆人们去搜查了一番。结果，豫让终于被他们找着了，将他捉住了去见襄子。

襄子一时虽然辨不出他的容貌，但是，仔细打量了一下，早就认出他是豫让化装的，因此，便对他骂道："你这个人太不知好歹了！上一次，我特别宽容，将你放了，满望你从此改过自新，哪知你今天却又来暗杀我了。好。你既然要我的命，不如让我来先下手为强，要了你的命再说。"

豫让听说，不觉竟嚎啕大哭起来了。

襄子冷笑道："哼，我当初还当你是一个好汉，原来你倒也是怕死的！"

豫让瞪着眼睛道："谁怕死了！你要杀死我，请立刻杀死就是了！只是，我所担心的，从我死了以后，一定再没有人替智伯报仇啊！"

襄子道："你不必再这样假仁假义了！我试问你，你最初不是在范氏、中行氏那边办事的吗？后来，范氏、中行氏被智伯灭了，你为什么不替他报仇，却反而投降了智伯，帮助他做事呢？难道智伯是你的主人，范氏、中行氏就不是你的主人吗？"

豫让道："你知道什么，当初，我在范氏、中行氏那边做事，他仅仅拿一个平常人来看待我，我自然只要像平常人一般地报答他就是了。后来，我到智伯那里去做事，智伯却将我当作国士⑫

一般看待，我自然也应该像国士一般地去报答他呀！"

襄子叹息了一会，便又问他道："那么，你现在打算怎样呢？"

豫让道："现在我当然也不想再活了。只是，在我未死以前，可否请你答应我一个要求？"

襄子道："什么事，你且说给我听！"

豫让道："我两次失败，没有将你杀死，心里总有些对不起智伯，所以，我向你要求，可否借一件衣服给我，暂时当作你的身体，让我击它几下，总算表示我已经替智伯报了仇，那么，我虽然死了，也可以瞑目了。"

襄子觉得他意志坚决，委实有些可怜，便真的脱下一件衣服来给了他。

豫让提起宝剑，狠狠地在襄子的衣服上砍了三下，然后呼着天道："现在，我可以对得起智伯了！"

说着，便掉过宝剑来，在自己的颈上一划，竟自杀了。

【故事注解】

① 智伯——名瑶（yáo），晋智武子跞（lì）的孙子，智宣子申的儿子。

② 范氏、中行氏——都是晋六卿之一。

③ 韩康子——名虎，韩庄子的儿子。

④ 魏桓（huán）子——名驹，魏襄子的儿子。

⑤ 赵襄（xiāng）子——名无邺（xù），赵简子鞅的儿子。

⑥ 韩——与魏、赵二家分晋后，韩所得的是现在河南中部及山西东南部一带地方。

⑦ 魏——与韩、赵二家分晋后，魏所得的是现在河南北部及山西西南部的地方。

漆身吞炭

⑧ 赵——与韩、魏二家分晋后，赵所得的是现在河北南部及山西北部的地方。

⑨ 鲁国——周武王封他的兄弟周公旦于鲁，就是山东曲阜一带的地方。

⑩ 匕首——最短的剑，长约一尺八寸。

⑪ 吊桥——亦称钓桥，是护城河上所设的木桥。用铁索吊住，可以起落，战时为断绝敌人来路之用。

⑫ 国士——一国之中，最有才能的人。

【成语释义】

比喻：誓死报答知己。

【用法举例】

一、对话

甲："你认识张元冲吗？"

乙："认识的，怎么样？"

甲："听说，他前天正在他老师家里，忽然来了几个他老师的仇人，当即拿出手枪，要将他的老师打死。元冲看到了这种情形，连忙挺身而出，便和那些仇人扭打起来，结果，那些行凶的人虽被他捉住了，但是，元冲也因此受了重伤。——这事不知道确切吗？"

乙："是的，的确有这一回事！"

甲："那我真有些不懂了。元冲一向对于别人，无论怎样一点儿小事，他总不愿帮助一下的。这次对于他的老师，为什么却又这样拼命地保护呢？"

乙："那是你有所不知。因为，元冲从小就死了父母，一切教养，都是由他的老师负担的，所以，他现在总是'漆身吞炭'地要报答他老师呢！"

二、叙述

傻三是严履冰家里的一个仆人，不过，履冰却一向待他如同家人一般，所以，傻三也很感激他。

今年夏天，履冰忽然病故了，傻三当时哭得满地乱滚，也许比履冰的兄弟们还要真切些。

到了初冬时候，履冰的弟弟鉴冰，又买通了本地的几个流氓，打算来谋吞履冰的遗产。傻三听到了这个消息，便又义愤填膺地帮助履冰的儿子，进了一张辩诉状，终于将遗产争了回来。

傻三虽然没有做到"漆身吞炭"的地步，但是，他所报答严履冰的，也可算得尽心了。

漆身吞炭

江郎才尽

（出《南史》）

【故事】

南朝①有个文学家，名叫作江淹②，是考城人。他少年时候，便以文章闻名远近，后来一直做到金紫光禄大夫③。

这样看来，他的文章，当然是越做越好的了。哪知到了晚年，不但没有进步，却反而渐渐地退步起来，竟至没有一个人愿意瞧一瞧了。因此，大家都说："江郎才尽！"——意思就是：江淹的才学，已经用完了。

当时，有一个人，却不相信才学会用得尽的，他便亲自去问江淹："到底是什么缘故？"

江淹答道："你要问什么缘故，却连我自己也不知道。不过，自从有一夜做了一个梦以后，每次执笔，便觉得心里模模糊糊，写不出一句好文章来了。"

那人忙又问江淹道："到底做了怎样一个梦呢？"

江淹道："那一夜，我睡下以后，便梦见一个身体高大的老人。他自己说名字叫作郭璞，一见了我，便对我说：'我有一支笔，曾经寄存在你这里，已经有好几年了，现在请你还给我吧！'

我听他说着，不知不觉地便向怀中一掏，果然，立刻便掏出了一支五色斑斓的笔来。我自己也不明白，这是从哪里来的，只得当面便还了他，自此以后，我就做不出好文章来了！"

那人听说，才恍然大悟道："哦，难怪大家都说'江郎才尽'了！"

【故事注解】

① 南朝——东晋以后，分为南北朝。据有南方一带地方的，有宋、齐、梁、陈四朝，叫作南朝。
② 江淹——字文通。
③ 金紫光禄大夫——梁官名。

【成语释义】

讥嘲有学问的人，才思枯竭。

【用法举例】

一、对话

甲："前天，我请你对的'冰（氷）冷酒，一点两点三点'，那句联句，你已经对出来了吗？"

乙："哦！这句联句，实在太弄巧了，我一直想了一天两夜，也想不出一句比较稳妥的对句来啊！"

甲："哈哈！你倒也有'江郎才尽'的一天吗？告诉你，这是从前已经有人想出来的，可以对'丁香花，百头千头万（萬）头'的啊！"

乙："啊！果然对得不错！"

二、叙述

　　谁都承认韩慕愈是个文学大家，所以他所作的新体诗《月儿当头》，也传诵一时。

　　可是，星期四他在文科大学上课，有几个学生，接连问了他几个很普通的典故，他却一个也回答不出来，这也许是"江郎才尽"了吧！

千金买骨

（出《国策》）

【故事】

战国时，齐宣王①曾一度将燕国②灭亡了。过了两年，燕人打算恢复燕国，于是，便共同迎立燕昭王③。

昭王即位以后，一心要想报复国仇，因此，他自己十分谦虚，而且又用了极隆重的礼仪，希望招求几个有道德学问的贤者，来帮助他治理国事。

过了几天，他听说有一个名叫郭隗④的人，才干很好，昭王立刻去见他，并且对他陈述道："齐国当初因为我们国里有内乱，竟悄悄地将我国攻破了。我虽然知道，我国土地很小，力量有限，说不到报仇的话。但是，我却很愿意招求几个贤者，帮助我设法一雪国耻。所以，今天特地到先生这里来，要向先生请教一下，到底要怎样才可以招求得到？"

郭隗道："自古以来，一国国君能不能招求到贤者来帮助他，全要看国君待人的态度怎样，才可以决定。譬如，国君能够卑躬屈节待人，那么，有才干的人自然都来归附了；否则，国君要是一味骄傲任性，那就是有人来归附，也不过是奴隶走卒罢了。现在，我王要是真的想招求贤者来帮助你，依我看来，我王应该先打听国中，谁是有道德学问的，然后亲自登门去访问。这样一来，使普天下有道德学问的人，都得到了这个消息，大家一定会跑到燕国来了。"

昭王又问道："我应该去访问谁呢？"

郭隗道："我曾经听到人家说，古时候有一个国君，愿意悬赏一千金，买一匹千里马，一直过了三年，仍旧没有得到。有一个涓人⑤，便自告奋勇地愿意替国君去寻找。国君派了他出去，经过了三个月的光阴，才找到一匹千里马，但是这匹马已经死了，那涓人便拿出了一千金，买了这副死马的骨骼，回去报告国君。国君当即大怒道：'我所要的，是活的千里马，现在花了一千金，却买了这副马的骨骼，又有什么用处呢？'涓人却答应着说：'我买了这副马的骨骼，那活的千里马，自然会来了。——因为，大家听说我王求千里马，连马的骨骼都肯出价一千金，更何况是活的马呢！请你瞧着吧，再过几天，一定有千里马送来了！'后来不到一年，果然有三处地方，都献了千里马来了。由此看来，可以知道求千里马和求贤者，是同一个道理的。我王要是诚意招求贤者，只要先从我郭隗做起——我郭隗犹如一副死马的骨骼，虽然是没有用的，我王如果能够十分厚待我，那么，那些有学问道德而比我贤过十倍百倍的人，自然便会来了！"

昭王很赞成他的计划，立刻便筑起一座宫来，给郭隗居住，并且还把他当老师一样尊敬；一方面，又造了一座黄金台⑥，预备招纳贤者。

一时，四方有学问道德的人，都知道昭王能够礼待贤者。于是，乐毅⑦便从魏国赶到燕国去，邹衍⑧也从齐国赶了去，剧辛⑨又从赵国赶了去。

燕国顿时有了这许多有才干的人，已是生气蓬勃的了，加之昭王又能听信他们的话；对于人民，每每是吊死问生，大家同受甘苦。这样经过了二十八年，国家已经是很富足的了，军队也训练得非常精良，于是，便用乐毅做上将军⑩，和秦、楚、晋三国联合起来，同伐齐，齐兵大败，齐宣王也逃走了。

　　燕兵单独向北方追去，一直到临淄⑪这个地方。齐国的大城，除了莒⑫和即墨⑬以外，差不多都被攻克了。

【故事注解】

① 齐宣王——威王的儿子，名辟疆，在位十九年。

② 燕国——战国时姬姓国，为周召公奭（shì）之后，据有今辽宁、河北及朝鲜北部地方，是七雄之一。

③ 燕昭王——名平。

④ 郭隗（wěi）——战国燕人。

⑤ 涓（juān）人——就是寺人，俗称太监。

⑥ 黄金台——燕昭王筑台于易水东南，台上放着千金，招求贤人，名为黄金台，在今河北易县东南。

⑦ 乐毅——燕昭王时做卿的官，后来率兵伐齐，一连攻克齐国七十余城，封为昌国君。昭王死后，惠王便用骑劫代他的职位。乐毅投降赵国，赵封他在观津这个地方，号为望诸君。

⑧ 邹衍（yǎn）——也可写作驺衍。齐临淄人。昭王死后，惠王信了谗言，便将他监禁起来。

⑨ 剧辛——曾掌管燕国国政，攻克齐国的计划，他的功劳居多。

⑩ 上将军——官名。

⑪ 临淄（zī）——今山东淄博市临淄区。

⑫ 莒（jǔ）——齐邑城，今山东莒县。

⑬ 即墨——也是齐邑城，在今山东青岛市。

【成语释义】

比方：求才很切。

【用法举例】

一、对话

甲："县教育局自从洪局长接手以后，便大大地整顿了一番，职员也更动了不少。"

乙："前几天，有人告诉我说，几个重要位置，都还没有人担任，不知道现在委任了没有？"

甲："还没有呢！"

乙："这是什么缘故？"

甲："依洪局长的意思，原想寻求几位有真正学问，而且要对于本地教育确有经验的人。可是，这样的人才，实在不容易找，所以，他特别把报酬增加了几倍，大有'千金买骨'的气概呢！"

二、叙述

何汉杰对于他的属下，常常是看作奴隶一般的。像邓甘棠、钱云青这些人，都因为不愿意看他那副骄倨的架子，所以一起都辞了职。

现在，在他那里办事的，大都是一班无耻的小人，当然，再也谈不到"才干"两个字了。何汉杰自己虽也感觉着困难，想更换几个人，但是，要是他的老脾气不改，哪怕他天天在表示着"千金买骨"的态度，更有谁愿意来供他呼叱呢？

掩耳盗钟

（出《吕氏春秋》，或作"掩耳盗铃"）

【故事】

战国时代，晋国的范氏①，被智伯②所灭，他们这一族的人，便都流离失所，亡命到别的地方去。因此，家里也没有一个看守的人，一切零星器物，不知道被人偷窃了多少去。

最后，有一个人，走过范氏门口，听听里面寂静无声，便也想进去得些好处。但是，当他在前前后后巡视了一会儿以后，却终于觉得很失望，因为这屋子里确实再没有可偷的东西了，除了院子里一口笨重的铜钟。

那人暗想：不管它，就偷了这口钟吧，或许将它熔化了，也还值得几个钱。

他这样想着，便老实不客气地想把那口钟背起来，以便立刻逃走。不料，这口钟实在太大了，无论他怎样地用力，想把它搬起来，结果，却一点效果也没有。

他思索了一会，便去找到一个铁槌，打算把这口钟毁成好几块，然后慢慢地可以分作几次运回去。

他拼命地举起了铁槌，便开始向这口钟打去。接着，便有一阵当当的声响，很宏亮地发出来。

立刻，他觉得这声响，似乎于他太不利了。——要是给左近的人听到了，当然，他这种偷窃的行为，就会被人发觉，到那时，不但这口钟偷不回去，说不定连人也会被他们捉住呢！

他急得没有办法了，要想逃走，却又舍不得这口钟。无可奈何，只得去找些破布片来，将自己的两只耳朵，紧紧地塞住了，然后再一槌一槌打着。这一来，他真得意极了，自言自语地道："好法子，那当当的声响，果然连我自己也听不到了，何况左近的人呢！"

【故事注解】

① 范氏——晋国六卿之一，范武子的后裔。
② 智伯——见《漆身吞炭》篇。

【成语释义】

比喻：自己欺骗自己。

【用法举例】

一、对话

甲："张福，昨天叫你送给王先生的柚子，怎么你竟藏下了三只，只送了七只去？"

乙："没有啊，我送去的，明明是十只呀！"

甲："好啦，你不要'掩耳盗钟'了，王先生今天已经告诉过我了。"

二、叙述

福儿拿了小兰的一本故事书。他虽然偷偷地把封面上小兰的名字擦去，换上了自己的印章，但是，那被橡皮擦过的痕迹，终于显出了他那"掩耳盗钟"的把戏。

掩耳盗钟

煮豆燃萁

（出《世说》）

【故事】

　　曹操①死后，他的大儿子曹丕②，便篡夺了后汉③的帝位。

　　曹丕有一个弟弟，名叫曹植④，从小就很聪明。他到了十岁时候，不论诗文，都已经做得很高妙了。并且，他还有一种特殊的本领，就是能够在一个极短促的时间里，将他的作品当场交卷。

　　所以，在那个时期，差不多没有一个人不知道他的名字。大家都说："天下的才能，总共只有一石，子建一个人，却占了八斗！"因为他的才名这样的大，便引起了他哥哥曹丕的妒忌，他想："我已做了皇帝，而且又是他的哥哥，怎么没有人来称赞我，却都佩服他呢？将来，要是他和我作起对来，也许只要他一声号召，大家都会因佩服而归附他呢！哼，这样还了得，自然非尽早将他压服了不可！"

　　曹丕存了这样的心思，因此，无论遇着了什么事，总要和他作对，想出种种方法来习难他。可是，曹植却只是隐忍着，从没有和他的哥哥斗一句嘴。

　　有一天早晨，曹植正在厅前吃早饭，曹丕恰好也跑了进来。

他看见他的弟弟，不由得心里又起了一种恶感，便想和他作难一番。当下，他便很严厉地向曹植说道："我听得人家说，你是当今第一个才子，作诗作文，都是很有名的。只是，据我看起来，却总没有一首比较看得过的，这样空享虚名，你自己难道不觉得惭愧吗？现在，我也不和你多说，只限你跨七步路，要作好一首诗，而且要含蓄着很深的意义。你要是不能答应我，那便是有意违抗我，应该要受我的责罚！"

曹植听说，知道是哥哥故意和他为难，顿时一阵心酸，几乎要流下泪来，心想："兄弟如手足，怎么我们手足，却会这样自相残害呢？现在，他要我作诗，虽然明知是他故意作弄我，但是，他的势力很大，似乎又不能不答应他啊！"

曹植想了一会儿，便起身离案，向哥哥问道："那么用什么做题目呢？"

曹丕往桌子上瞧了一下，早就瞧见一盘吃早饭时剩下来的黄豆，便指着道："就用这个做题目吧！"

哪知曹植正在搜索诗意，曹丕却早已发出命令道："好了，现在可以开始跨步了，就让我来替你数着步数！"

说着，曹丕便"一、二、三……"地喊起来了。等到曹丕喊到"七"字的时候，曹植也就将一首诗完全作好了。他不慌不忙地念出来道：

> "煮豆燃豆萁⑤，
> 豆在釜中泣。
> 本是同根生，
> 相煎何太急！"

曹丕听了这首诗，心里也明白诗里所含蓄的意义，暗想：

"他所说的'豆'就是比喻他自己；那'豆萁'，明明是指的我；'根'，又当然是比喻我们的父母啊！他全首诗的意思，就是说：豆和豆萁，本来是同根生的，仿佛我和他，本来是同胞弟兄。但是，煮豆的时候，豆萁却在锅子底下，拼命地烧它，一点儿也不顾情义，这岂不是说我逼迫得他太厉害吗？"

曹丕想到这里，不觉也记起了他的父母，心里十分感动，只得搭讪着道："好，这诗果然作得很好，现在你且休息一会儿吧！"

说着，便走出去了。

【故事注解】

① 曹操——字孟德，小字阿瞒。本姓夏侯，他的父亲夏侯嵩，曾给宦官曹腾作养子，便冒姓曹氏。为人多机智，后来起兵讨董卓，破黄巾，官职做到大将军。又进位为丞相，封魏王。夏侯惇劝他正位，便自比为周文王。他死后，他的儿子曹丕篡汉，追尊他为武帝。

② 曹丕（pī）——曹操的大儿子，篡汉后，都洛阳，自称魏文帝，为三国时魏国的始祖。性好文学，在位六年。

③ 后汉——朝代名。自汉光武帝到汉献帝这个时期。

④ 曹植——三国时魏文帝的弟弟，武帝的第三子。字子建，封陈王，死后谥为思，所以也称陈思王。

⑤ 萁（qí）——就是豆茎。

【成语释义】

比喻：弟兄不和睦。

【用法举例】

一、对话

甲："你今天从家乡来吗？"

乙："是的，刚到！"

甲："这次令表兄故后，听说完全由你为他主持一切丧务，一定是很辛苦了吧！"

乙："这倒也是我应尽的义务，说不到什么辛苦。只是，我们那两位表侄，现在为了遗产的分配问题，天天在争闹着，这却叫我为难极了。"

甲："咦，他的两位公子，一向不是很友爱的吗？怎么现在也干起这种'煮豆燃萁'的事来了？"

二、叙述

田家的那个小儿子，实在太荒唐了。这几年来，他借着读书为名，一直在外边游荡着，而且挥霍无度，常常写信回家，向他的几个哥哥要钱。

哥哥们屡次用好言规劝他，他总是不听。幸亏，他们倒都很爱怜这个小兄弟，所以，还是在接济他。否则，大家"煮豆燃萁"起来，不知要闹得怎样呢！

煮豆燃萁

画蛇添足

（出《齐策》）

【故事】

　　战国时候，楚国有一个将官，名叫昭阳①。有一次，楚王叫他带了兵去打魏国，魏国被他打得一败涂地，一共有八处城池，都给他占领了去。

　　昭阳仗着战胜的余威，便自作主张地想继续去打齐国，以便讨好楚王。齐国听到了这个消息，因为很不愿意凭空引起战事，所以便派了一个名叫陈轸②的，去劝阻他。

　　陈轸到了昭阳的营里，开始便祝贺他战胜的功绩，接着，便问他道："现在，你的勇武，楚王不是已经知道了吗？你的官爵，不是已经封得很高了吗？"

　　昭阳不知道他是什么意思，只是点着头，答应道："是的是的！"

　　陈轸道："既然这样，那么，我倒有一个很好的故事要讲给你听，不知道你愿意听吗？"

　　昭阳更加糊涂了，心想，反正听听故事也不要紧，便又答应道："愿意，愿意！"

于是，陈轸便讲了下面这样一个故事：

"从前，楚国有一个人，到祠堂③里去祭祖。祭好了，便将剩下来的酒，送给几个管祠堂的仆人喝。

"但是，仆人们仔细一瞧，剩下来的酒，只有浅浅的一杯，几个人分派起来是很有限的。因此，他们便互相商议道：'这一杯酒，几个人一同喝，当然是分不均匀的，如果给一个人喝了，倒也许还可以过过酒瘾。所以，我们现在还是先来比一个输赢：请大家各自在地上画一条蛇，看谁首先画成，这杯酒就给谁喝！'大家对于这个提议，都很赞成。于是，一声令起，几个人便同时伏下身子，动手在地上描画起来。

"这时，有一个人，居然首先将蛇画成了，他便拿起酒杯来，预备喝酒了。但是，他因为想格外讨些好，所以，左手虽然拿了酒杯，右手却还是用了那支笔，在那蛇身上一只一只地添画了三只足。

"当他刚要画第四只蛇足的时候，不料另外的一个人，已经将一条蛇完全画成了。自然，他便将酒杯抢了过去。

"那首先画成蛇的人嚷道：'怎么，怎么，蛇是我先画好的，你怎么可以抢我的酒喝？'

"第二个人道：'你要明白，蛇是没有足的啊，你怎么添了这许多足？蛇生了足，还像蛇吗？——既不像蛇，你就等于没有画好一样，这酒不是应该轮到我喝吗？'说着，他就以首先画成蛇的资格，举起杯来，将酒喝干了。那加画蛇足的，却一滴也没得喝。"

陈轸将故事讲完了，接着，又比喻给昭阳听道："现在，你的威名，既然已经很大了；你的官爵，又很高了。依我看来，不如就此算了吧！否则，你如果只知逞着一己的意思，横冲直撞，不肯停止，也许总有一天会兵败身亡的，到那时候，前功尽弃，官爵也被革了，不是和这画蛇添足的事一样吗？"

昭阳果然听了他的话，不再去打齐国了。

【故事注解】

① 昭阳——战国楚将。

② 陈轸（zhěn）——战国时楚国人，善游说，历仕秦、楚。

③ 祠（cí）堂——就是宗庙，里面都供奉祖宗的神主，以便岁时祭祝。

【成语释义】

事做得太过分了，或白费力气而没有功效的意思。

【用法举例】

一、对话

甲："沈老师，我的那篇文章改好了没有？"

乙："改好了，等一会儿让我还给你。"

甲："这一篇比较上次的那篇怎样？"

乙："文字是比较干净些，只是，最后的那节，似乎可以删去了。"

甲："为什么？"

乙："因为，这篇文章的题目，既然是《游南北高峰记》，怎么后面又写上了许多杭州城里的吴山风景呢？所以，我认为这段是'画蛇添足'的文字，应该将它删去才是！"

二、叙述

　　这一次东门内的火灾，消防队为要断截火势的蔓延，本来只要将两端的小屋子拆去一二间就够了。

　　哪知，他们却完全不顾及人家的利害，竟将两端的大商店，一连拆去了十多家。难怪，有人要起诉他们，说他们有挟仇报复的嫌疑。不然，何必要这样"画蛇添足"呢？

画蛇添足

黔驴之技

（出柳宗元文）

【故事】

在黔①的地方，从前是一向没有驴子②的，因此，谁也不知道驴子的形状是怎样的。

后来，有一个商人，到别的地方去经商，看见了几匹驴子。因为它们善于跑路，而且短小精悍，所做的工作，有时反比牛马来得好些，所以，当他回黔的时候，便买了一匹带回去。

那商人本来打算把驴贩卖给人家，从中取些利益的。哪知，到了家乡，却并没有一个买主来过问。商人养着这匹驴子，一时没有用处，便让它到四处去乱跑。

驴子初到那地方，觉得种种事物，都是很新奇的，它便天天跑到山上去，任意游玩。玩得兴奋了，便在草地上打几个滚儿，或是头仰着天，"够冈够冈"地叫几声，倒也非常地自由舒适。

那边山里，虽然有许多凶恶的野兽，但是，它们因为从来没有瞧见过这种动物，到底不知道它的能力怎样。而且，那驴子又蠢起了两只长长的耳朵，形状也有些奇怪，因此，连野兽们所最害怕的老虎，见了它，也立刻远远地避过了。

自此以后，那驴子便得意扬扬的，一点也没有顾忌了。

可是，它天天这样玩着叫着，却没有特别的举动做出来，野兽们便也渐渐地看惯听惯了。大家知道，它不过是一只平常的兽类罢了！

野兽们的胆量，便不知不觉地大起来了。有一只老虎，首先对大众说道："我们一向只是盲目地惧怕那匹驴子，但是，它到底有怎样的技能，我们却从来也没有试验过。所以，我想，今天不妨由我去试它一试，看它到底用什么手段对付我——要是，它的确是有本领的，那么，以后我们仍旧要小心些才是。否则，我们又何必怕它呢！"

众野兽听说，都很赞成道："好的，好的，就请你去试试看！"

那老虎立刻出发，一径跑到那驴子的身边去。起先，它还是胆战心惊的，故意在它尾巴上轻轻地碰了一下，不料，那驴子竟暴跳如雷地举起它的蹄子来，向老虎头上踢了一脚。

老虎只觉得有些疼痛，但也没有受到伤害。因此，它的胆子更加大起来了，便索性再走近些，对准了驴子的长耳朵狠狠地咬了一口。那驴子虽然更加发怒了，可是，也不过照样地举起蹄子来，踢了老虎一脚。

这样，老虎愈逼愈厉害了，驴子却除了用脚踢它以外，再显不出别的本领来。老虎不觉哈哈大笑道："哦，原来你的技术，不过如此罢了！"

接着，便倏地扑了过去，将那驴子的喉管咬断了，然后慢慢地吃它的肉。

【故事注解】

① 黔（qián）——就是现在的贵州省。

② 驴——兽名，产于亚洲西部。身体比马小些，耳朵和面颊都很长。到了夏天，毛片转为黄色，冬天又变成褐色或鼠色。性情温和，能负载货物。

【成语释义】

比方：技能或手段的拙劣。

【用法举例】

一、对话

甲："刚才魏光宗来过了，他等了你半天呢！"

乙："他来找我干什么？"

甲："他说，上次向你要的那笔钱，限你三天以内借给他。否则，他自有相当的办法对付你。"

乙："哼哼，他所有的，不过是'黔驴之技'罢了！现在他既这样说，我索性不借给他了，看他有什么办法对付我！"

二、叙述

一阵叽格叽格的响声，把韩芳从梦中惊醒了。他仔细听了听，便知道有人在屋外掘壁洞。

韩芳连忙将油灯点了起来，而且，故意咳嗽了几声。哪知墙外的叽格叽格声，不但不停止，竟更加响得厉害了。

韩芳想：好家伙，真大胆呀！他便从抽屉里找出一个花炮来，在油灯上把药线燃着了，立刻，只听得"轰"的一声，那花炮便爆裂了。

同时，墙外面一声惊叫，接着，又是一阵急切的脚步声。韩芳知道那挖壁洞的小偷儿逃跑了，便哈哈地笑道："'黔驴之技'，原来也不过如此而已！"

衔环结草

【故事】

一　衔环

（出《续齐谐记》）

从前，有一个孩子，名叫杨宝①。他每天放学回来，最欢喜到邻近地方去游玩。

他九岁时候，有一天，又在华阴山②北玩耍，只看见那边有几株参天的大树，树上浓荫密覆，的确是一个风景幽雅的好处所。

杨宝从这株树边，跑到那株树边，很快乐地跑了几次。又在树下拾了许多松子和小石块，预备带回家去慢慢地玩。

忽然，在一株树上发出了一阵吱吱唧唧的鸟鸣声来。杨宝仔细听去，这声音似乎又悲哀，又急切，很像是含着求人援救的意思。他便跟着这个声音，慢慢地寻找过去。原来在一株槐树上面，高高地站着一只鸱枭③，正恶狠狠地搏着一只黄雀，忽而用爪子抓几下，忽而又用嘴啄几啄，将那只黄雀搏得鲜血淋漓的，真是可怜极了。

杨宝几次想去援救它，可是，终因那株槐树太高了，一时没有法子可以爬上去。他急得几乎流出眼泪来了，最后，幸喜那黄雀不知怎的，竟从那鸱枭的爪子下面脱了出来，啪的一声坠在树下了。

杨宝连忙跑过去，将那可怜的小鸟从地上拾了起来，抚摩了一会儿。看它的伤势虽重，胸口却还有一些热气，而且，那微弱的哀鸣，依旧可以听得出一声两声。

杨宝再也没心思玩耍了，他便用手托着这个受伤的小东西，一径跑回家去。

他替那黄雀裹好了伤处，然后便将它安置在一只巾箱④里边，天天采了些黄花来喂它。这样经过了一百多天，那黄雀的创伤，居然痊愈了，毛羽也长得十分丰满。杨宝便开了箱盖，让它飞了回去。

这一晚，杨宝在床上睡下，一倒头便睡熟了，而且模模糊糊地做了一个梦，梦见一个穿黄衣服的孩子，向他再拜道："我是西王母⑤的使者，那天不幸，竟遇到了一个强敌，险些儿送了性命。蒙你仁爱，救活了我，真是感激不尽。"说着，又从嘴里吐出四个白玉环来，递给杨宝道："现在，我拿这一点儿薄礼来送给你，愿你的子孙，都像这玉环一般洁白，并且位登三事⑥！"

杨宝接了这四个玉环，还想问他几句话，不知怎样一个迷糊，那黄衣孩子早已不见了。后来，杨宝的子孙，果真都很显贵。

二　结草

（出《左传》）

当秦桓公⑦侵伐晋国的时候，晋国的国君，便派了他的大将魏颗⑧，出师抵御。过了几天，两军便在辅氏地方开战了。

在秦国的军队中，有一个大力士，名叫杜回，非常勇敢。他在晋军阵里，往来冲突，没有一个人能够抵挡他，晋军的阵势，也渐渐地有些支撑不住了。

魏颗正在没法可施的当儿，突然，不知从哪里来了一个老人，他不住地用草在结一根绳子，等到草绳结好了，他便悄悄地去放在杜回的马脚边。杜回好像是没有看见似的，立刻被绊住了马脚，跌倒了。晋军趁这机会，顺势就将杜回一把捉了过去。秦军受了这个打击，士气便一蹶（jué）不振，晋军的形势却转好了，他们一个个都添了一股勇气，直向秦军杀了过去，立刻打得秦军四散奔逃。

魏颗得胜收兵，便又记起了那个老人，觉得他的形迹太奇怪了，连忙四处找寻，却早已不见他的踪迹了。

这一晚，魏颗睡在营里，却又梦见了那个老人对他说道："我的女儿，就是你父亲的宠妾。从前，你曾经保全了她的性命，所以，今天我是特地来报你的恩的。"说着，那老人却已经不见了。

魏颗顿时记起，他的父亲魏犨⑨，当初的确有过一个没有生过儿子的宠妾。她嫁给魏犨没有几年，魏犨便生起病来了，病势着实有些不轻。魏犨自己也恐怕从此一病不起了，有一天，趁他的病势略微减退了些，忽然吩咐魏颗道："我要是死了，你应该将我的爱妾从速改嫁了，不必依照恶风俗叫她殉葬！"

原来照那时的风俗，凡是没有生过儿子的妾，丈夫死了以后，本来是可以改嫁的。不过，如果她是一个大人物的妾，那么，不但不能改嫁，并且还往往要连同丈夫的棺木，活葬到墓里去。这种风俗，就叫作殉葬。

魏犨既是一个大人物，他却能打破旧风俗，毅然准许他的妾改嫁，这是多么可敬的举动！但是，过了几天，他的病又厉害起来了，不知怎样一来，却又吩咐魏颗道："我死了以后，务须叫我的爱妾殉葬，不能将她改嫁的！"

后来，魏犨死了。哪知魏颗竟将那宠妾嫁了，并不叫她殉葬，并且对别人声明道："父亲叫我嫁她，是病未危笃⑩，神气清醒时合理的命令；至于后来叫我将她殉葬，是病已危笃，神志昏迷时的乱命⑪。我怎能遵从他的乱命，将好好的一个人活埋了呢？"

魏颗想起了这件旧事，才明白这老人的来历。

【故事注解】

① 杨宝——后汉杨敞的曾孙，生性不喜欢做官，隐居在很僻静的地方。后来王莽篡位，曾经想去请他出来助理政事，他便逃跑。光武帝很赞佩他的节操，也要去请他出来做官，他没有到，便死了。

② 华阴山——山名。在陕西华阴市南。

③ 鸱枭（chī xiāo）——是一种鸷鸟，也称鸱鸮。

④ 巾箱——藏帽子的小箱子。

⑤ 西王母——古时的神仙，一说姓杨，名回。又名婉衿。

⑥ 位登三事——就是做到大夫的官职。

⑦ 秦桓公——是春秋时秦国穆公以后的第三代国君。

⑧ 魏颗——晋魏犨的儿子，仕为卿。

⑨ 魏犨（chōu）——晋毕万之后，谥武，从文公出亡十九年，回国后，官职做到戎右，后列为大夫。

⑩ 危笃（dǔ）——病得差不多快要死了。

⑪ 乱命——人将死时，迷迷糊糊所发的不合理的遗嘱。

【成语释义】

感恩图报的意思。

【用法举例】

一、对话

甲:"朱先生,昨天我和你商量的事,你可曾替我想过吗?"

乙:"哟,今天我跑了半天了,凡是我的朋友那里,差不多都去过,满望他们能够捐些钱出来,帮助你一下。哪知,他们一个个都推说近来营业不振,没有力量管这种闲事,所以,一点成绩也没有啊!"

甲:"朱先生,实在的,我的母亲病得很沉重呢,要是今天再没有钱去找医生,也许没法可以救治了!"

乙:"唉,你也的确很可怜!现在不必多说了,就拿我这件皮袍子去当了,赶紧延医服药吧!"

甲:"谢谢朱先生!我决不忘记你的大恩,将来'衔环结草',也一定要报答你的。"

二、叙述

伍学礼对于傅光瑞的恩德,真可算是少有的了。

第一次,是光瑞触怒了一位军阀,快要被枪毙了。学礼便替他东奔西走,并且还赔贴了一千多块钱作贿赂,才将他保释了出来。

第二次,是光瑞的儿子患了急症,连四肢都已经冰冷了。幸亏,学礼的医理是很高明的,他听到了这个消息,便自告奋勇地替他开了一张药方,果然,只吃了一剂,便告痊愈了。

还有一次,是光瑞家里失了火,他们全家都在楼上,因为烧断了扶梯,再也不能设法逃出来。后来终于又靠着学礼的力量,从楼窗里爬进去,才将他们救了出来。

我想,光瑞就是能够"衔环结草",也报答他不尽的。

衔环结草

图穷匕见

（出《史记》）

【故事】

战国七雄①，要算秦国最强。它对于其余的六国，有的和它们假意亲善，有的用了武力去征服，因此，六国差不多都有些惧怕它的。

六国中有一个燕国，国势很是孱弱。秦国知道它没有抵抗的能力，便占据了它不少的土地，并且，更将燕国的太子丹押在秦国，当作永不反抗秦国的担保品。

太子丹原是一个有血性的好男儿，他受了这种侮辱，心里很愤恨，便时时刻刻地打算将这国耻洗刷一下。

这样过了好几年，秦国瞧着燕国，的确没有什么反抗的动作，才将监视太子丹的工作，略为放松了些。太子丹趁这机会，当即悄悄地离开秦国，逃回祖国去了。

他一回到燕国，便去和他的师傅鞠武商量，要他保荐一位勇士，去暗杀秦王。鞠武便将他的朋友田光，介绍给太子丹。

田光的年纪已经很大了，走起路来，弯腰曲背的，实在不像是一个有武艺的人。凡是知道了这回事儿的人，谁都笑得透不过气来，但是，太子丹对于他，却仍是很恭敬。当他俩见面以后，太子丹立即屏退了左右，跪在他面前，恳求他道："照现在的情形看起来，燕国和秦国已是势不两立的了。前天，我听得鞠老师说起，先生是有智勇兼备的大才的，不知道是否愿意切实地指导我，让我报复被秦国侮辱的大仇吗？"

田光一面忙将太子丹一把搀起，一面回答他说："我曾经听得人家说，凡是骐骥②在壮年的时候，一日可以跑一千里路，但是等到它衰老以后，那就比驽③马都不如了。现在，鞠太傅只知道我年轻时候的情形，却不知道我此刻已经不中用了啊！"

太子丹道："难道先生的朋友中，没有一个能像先生年轻时候的人吗？"

田光想了一会儿，才说道："有是有一个，他的名字叫作荆卿④。但是，不知道他肯不肯负担这个重任呢！"

太子丹听说，不觉欢喜得直跳起来，连忙重重地嘱托他，要他设法务必将荆卿请到。

田光别了太子丹，便找到荆卿，将这番情形告诉了他，并且，为了要激励荆卿起见，当即便拔出宝剑来，自刎死了。荆卿无可奈何，只得立刻跑进宫里去见太子丹，先说明了来意，然后将田光自杀的话，也一并告诉了他。

太子丹顿时十分感动，便捶着胸口恸哭道："唉，田光先生为了国家，竟牺牲了他的生命！叫我们后死的人，如何对得起他呢！"

从此，太子丹便竭力款待荆卿：每天起身以后，总要先到他那里去请安；吃饭的时候，每餐又用太牢⑤供奉……无论什么东西，只要荆卿一开口，便立刻替他办到。

太子丹有一匹骏马，能够日行千里，有一天，荆卿偶然说起马肝味道的鲜美，哪知，到了吃饭的时候，便有一盘烹调得很精致的马肝摆在桌上了。等到问起原由，才知道所杀的，就是那匹千里马。

荆卿受了这样的待遇，不觉叹道："太子对于我，真是再好也没有了，我从此当立誓以生命去报答他。"

恰巧，这时候，秦国又向燕国的南境进兵了。太子丹得到这个消息，心里非常害怕，便去和荆卿商量。

荆卿思索了一会儿道："从前，秦王要杀他的勇将樊於期，樊将军逃到了我们燕国，太子不是曾经将他收留了吗？"

太子丹道："不错，樊将军的确是我收留在这里的。"

荆卿道："听说，秦王正悬赏黄金千斤，要购买樊将军的头，这当然是他现在所最急切要得到的东西。还有，我们燕国那块督亢的地方，也是秦国所觊觎的。我想，现在如果由我带了樊将军的头和督亢的地图，去献给秦王，秦王一定会接见我的，到那时，我便可以相机行事，将他杀死了。"

太子丹踌躇了一会儿道："督亢地图，我是决不可惜的。只是，樊将军是受了压迫才逃到我们这里来的，而且，他一点儿过失也没有，我怎么忍心去杀他呢？"

于是，荆卿便私自去见樊於期，并将这个计划告诉了他。当时樊於期便高兴得跳起来道："倘使能够报了秦国的大仇，我虽然粉身碎骨，也在所不辞！现在先生竟能想出这样一个好法子来，怎教人不佩服呢？"说着，便立起身来，抽出一把宝剑自刎了。

荆卿痛哭了一会儿，就带了他的头颅，去见太子丹，并且问道："太子可预备了锋利些的匕首没有？"

太子丹道："有，有，有！这匕首是从赵国得来的，削铁如泥，非常锋利。我预备好了，正在等着你呢！但不知道你打算什么时候动身？"

荆卿叹了一口气道："我这次带了匕首，到虎狼似的秦国去，也许是不能再回来了。至于我所以迟迟不走的缘故，本来还想等一个朋友同走，以便互相可以帮助。现在，太子既然不能等待了，我便即日起行吧！"

荆卿便把行装整治了一番，带了樊於期的头和督亢地图，预备动身了。临行时，太子丹又嘱咐一个名叫秦舞阳的勇士，跟了他同行，以便随时帮助。并且，亲自穿戴了白衣冠，一直送他到易水⑥岸上，特地备了一席丰盛的酒筵，替荆卿饯行。

这时候，荆卿的好朋友高渐离，也来送行，他喝了几杯酒，便击起筑⑦来，打算助助酒兴。荆卿当即依着他的节拍，唱出一首歌来道：

> "风萧萧兮易水寒，
> 壮士一去兮不复还。"

声音唱得非常悲哀，那些送行的人听到了，没有一个不流下泪来的。等到酒筵吃完，时候已经不早，荆卿便拉着秦舞阳，跳上了车子，自管自地走了。

没过几天，已到了秦国。荆卿便辗转托人，将来意先对秦王说明了。秦王听说燕国的使臣，将他急于要得到的两件东西，竟一齐送来了，心里是欢喜得什么似的，立刻便传令叫荆卿到咸阳宫里来相见。

荆卿带着秦舞阳，刚走到殿阶下面，一抬头，只见大小百官，站满两旁；沿阶又排列着一队队的禁卫军，威风凛凛，气象森严。荆卿虽然一点儿也不介意，但是，那秦舞阳却早已吓得面色都发白了。

秦王的侍臣们看到这种情形，都觉得有些诧异，便一齐说道："齐国的副使，为什么忽然变了脸色？"

荆卿生恐事情就此败露，连忙替他辩护道："秦舞阳是一个粗鄙的人，他生平没有见过天子，因此，便吓得慌起来了。愿大王宽宥了他的罪吧！"

秦王便传谕只准一个正使上殿来，先从荆卿手里接过樊於期的头颅，检视了一下，果然不错。然后又取过那张地图，慢慢地展开来观览。

地图一点儿一点儿地快要展完了，展到末了，忽然出现了一把雪亮的匕首。荆卿知道这一来，再也不能掩饰了，连忙左手抓住秦王的衣袖，右手抢过那匕首，直向秦王胸口刺去。秦王一时吃惊不小，幸亏，这时正是夏季天气，衣服穿得单薄，竭力一拉，就将衣袖拉断了。

秦王急急地逃跑，荆卿便在后面追赶，两个人绕着柱子，来来往往不知转了多少次。

因为秦国的法律规定，不论谁，都不准带着兵器到殿上来的，所以，那些殿下的禁卫军，也只是呆呆地瞧着，不敢跑上殿来相救。

荆卿追不着秦王，便举起那把匕首，狠命地向着秦王掷去。但是，在这忙乱的时候，一不小心，却又误中在柱子上了。

秦王看见荆卿失了武器，才略略地镇静了些。趁此机会，便抽出了他的那把鹿卢剑，将荆卿砍死了。

中华成语故事

【故事注解】

① 战国七雄——就是燕、赵、韩、魏、齐、楚、秦七国。

② 骐骥（qí jì）——善于驰骋的千里马。

③ 驽（nú）——最下等的马。

④ 荆卿——名轲，齐大夫庆封的后裔。他住到燕国以后，便改姓为荆。

⑤ 太牢——就是牛、羊、猪三牲。

⑥ 易水——水名，在今河北易县。

⑦ 筑（zhù）——古乐器名，形状像琴，有十三根弦，现在已经失传了。

【成语释义】

就是形迹败露的意思。

【用法举例】

一、对话

甲："你向我借去的那只金表，怎么还不拿来还我？"

乙："就要还你了，请你再宽限一两天吧！"

甲："咦，上个月你不是说本月初七还我的吗？"

乙："是的，我本来打算初一二还你的，可是，后来却又被一个朋友硬借了去，真对不起！"

甲："那个朋友叫什么名字呢？"

乙："叫作胡士人！"

甲："哈哈，胡士人吗？他和我也很要好的。可是，据他说，他的一只金表，也被你借去了多时，还没有归还他，怎么他又来向你借呢？"

乙："哦，哦……"

甲："好啦，好啦，你已经是'图穷匕见'了，还要和我说什么假话呢！"

二、叙述

做投机事业的郑五，平日看他吃大餐、住洋房、坐汽车，衣服更是脱一套换一套的，委实是阔绰极了。

但其实，他屡次失败，负了不少的债，幸亏他的手法圆滑，所以每次到了结账的时候，总给他东挪西借地弥补过去了。

这一次，听说他毕竟没法转圜了，可是，谁都知道，他要不是真的到了"图穷匕见"的地步，是决不会宣告破产的。

倒屣相迎

（出《北史》）

【故事】

北朝①后魏②，有一个名叫宋繇③的人，他的才学很好，后来一直做到河西王的左丞相。

他虽然任过这样大的官职，可是，只因为专心学问的缘故，从来不知道积蓄一个钱，所以，家里依旧是十分贫穷。

每天，他除了办理政务以外，便拿着一本书，细细地吟咏，差不多连吃饭都会忘记了。

有许多朋友，不大瞧见宋繇出门，便到他家里去访问。哪知，他只要一听到通报，知道那来客是不喜欢讲求学问的，那么，便吩咐仆人，借了别的缘故，将他回绝了。

否则，他即使已经在床上睡了觉，也一定要披上衣服，慌忙地出去接见的。

有一天早晨，因为时候很早，他还没有起身，忽然仆人走进来报告道："有客来了，要请主人谈话！"

宋繇听说，便问道："那人可是认识我的？"

仆人道："不，据说和主人还没有见过面呢！"

宋繇觉得很诧异，又问道："他穿的是什么服装呢？"

仆人道："身上穿的是儒服，头上戴的是儒巾，看他的样子，或许是一个读书人。"

宋繇这才有些欢喜起来道："那么，你可曾问他来找我干什么呢？"

仆人道："他说，有几段难懂的经义④，要和主人讨论呢！"

宋繇不等仆人说完，倏地跳了起来道："要和我讨论经义吗？那么，你快点儿去通知他吧，请他坐一会儿，我立刻就出来见他！"

他一面忙着披衣，一面早已跳下了床，不知怎样一阵忙乱，竟将脚上的一只屐⑤都穿倒了。他慌慌忙忙，就这样赶到门口，去迎接那客人。

那来客瞧到了这种情形，虽然觉得有些好笑，但是，对于他那热诚的欢迎，却终于是非常欣慰，非常感激。

【故事注解】

① 北朝——对南朝而言。当东晋之后，据有中国北方的，为北魏、北齐、北周等，总称北朝。

② 后魏——即北魏，北朝的前半期，姓拓跋氏。晋时拓跋珪自立为代王，国号魏，都平城（今山西大同），历史上称为后魏。疆域包括今河北、山东、山西、甘肃和江苏、河南、陕西的北部、辽宁的西部。传到孝文帝，改姓元氏，所以又称元魏。传十四主，共一百四十九年。

③ 宋繇（yóu）——后魏敦煌人。

④ 经义——经书的意义。经书即《易》《诗》《书》《周礼》《仪礼》

《礼记》《春秋左氏传》《春秋公羊传》《春秋穀梁传》《论语》《孝
经》《尔雅》《孟子》，称十三经。

⑤ 屣（xǐ）——拖鞋。

【成语释义】

热诚欢迎的意思。

【用法举例】

一、对话

甲："老兄不是已经搬家了吗？——新房子在什么地方？"

乙："是的，前天搬的家，在柳丝巷六十八号。"

甲："哦，那屋子很宽敞吧！过几天，我打算去参观参观！"

乙："很好，很好，我一定要'倒屣相迎'哪！"

二、叙述

李天桂的口才，真是数一数二的。尤其是在公共场所，不论
说笑话、讲故事，都能使听的人非常愉快。

因此，凡是天桂所到的地方，没有一个人不是"倒屣相迎"的。

倒屣相迎

一鼓作气

（出《左传》）

【故事】

  鲁庄公①因为齐国将要来攻打鲁国了，便预备将人马开出去抵抗。

  这时候，鲁国有一个人，名字叫作曹刿②，一向精通兵法，足智多谋。他得到了鲁国快要出兵的消息，便立刻想去求见庄公，自愿投军，替国家效力。

  他先将这个意思告诉他的朋友们，朋友们便劝阻他道："这是国家的大事，当然有那些高官厚禄的大臣们会设法处置的。你既没有一官半职，何必要去多管闲事呢？"

  曹刿摇头叹气道："你们懂得些什么？原来国家的大事，凡是做国民的，谁都有参赞的责任的。现在，我知道这些大臣们，没有一个不是见识浅陋的人，要是随他们去瞎干，怎么会有圆满的结果呢？所以，我一定要去贡献点儿意见给庄公。"

  第二天，曹刿真的便去进见庄公，庄公就叫他跟着军队一起出发，以便随时可以参赞一切军务。

  后来，齐、鲁两军在长勺③这个地方遇着了，便开始交战起来。

照那时行军的老例，凡是前进或后退，大都用锣鼓为号的：击鼓，是进攻的号令；鸣锣，是收兵的号令。这一天，曹刿跟着庄公，同坐在一辆兵车中观战。他们刚在视察齐军的阵势，忽然听得对方阵中，已经击起第一通战鼓来了；齐军的兵士们，也勇气勃勃地呐喊一声，预备向鲁军中冲过来。

庄公看到了这种情形，也想击起鼓来，催动鲁军向前进攻，便先拿这个意思，和曹刿商量。曹刿听说，连忙阻止庄公道："不行，等一会儿吧！"

等了一会儿，齐军中又打起第二通鼓来了。齐军的兵士们，也渐渐地冲得更近了。庄公便又打算击鼓进攻。曹刿依旧阻止他道："还是不行，再等一会儿吧！"

又等了一会儿，齐军中又打起第三通鼓来了，齐军的兵士们，也差不多冲到鲁军的阵前了。曹刿这才说道："现在可以击鼓了，我们就此进攻吧！"

鲁军中顿时便击起鼓来，那些兵士们已经忍耐了许多时候，一听到自己的阵中鼓声已起，便个个勇气百倍，奋力向着对方杀了过去。直杀得齐军纷纷大败，一齐逃散了，庄公才下令收兵。

庄公得胜回营，便向曹刿说道："今天我听了你的话，果然获了全胜。但是，其中的奥妙，我却还不明白，不知道你能说给我听听吗？"

曹刿回答道："凡是兵士作战，大概只仗着一股勇气。每逢打第一通鼓时，兵士们总是勇气勃勃，锐不可当的。可是，打第二通鼓时，勇气便减退了。等到打第三通鼓时，勇气便完全消失了。今天，我不主张立刻进攻，就是要等齐军打罢三通鼓后，兵士们一点儿勇气也没有了，然后我们便可以'一鼓作气'，勇往直前地打过去，自然，便很容易得胜了啊！"

一鼓作气

庄公听说，不觉拍手赞赏道："不错，不错！你这个主见真高妙极了。"

【故事注解】

① 鲁庄公——名同，是鲁桓公的儿子。

② 曹刿——刿音 guì，春秋时鲁国人。《史记》中作"曹沫"。

③ 长勺（sháo）——鲁国的地名。

【成语释义】

比喻：无论什么事，都应该趁着初起的勇气，很起劲地将它一气做成功。

【用法举例】

一、对话

甲："你的父亲叫你抄写一本《民权初步》，这半年以来，大约总可以抄完了吧！"

乙："没有，没有。你看，这样一本书，哪里便抄写得好？"

甲："为什么抄写不好？"

乙："你瞧这本书有这样厚，我一见了它就有些害怕，因此，有时写写，有时停停，不知不觉地便多挨了时日了。"

甲："哦，原来你做事是这样敷衍的，难怪不容易成功了。我想，当初你如果'一鼓作气'地干下去，不要说一本，也许连七本八本也可以抄好了！"

中华成语故事

二、叙述

　　同是一个小学生，同在一级中受课，为什么沙宝珍在几年前读的书，到现在还记得，田崇信却连上个月读的书都忘记了呢？

　　这就是因为，宝珍读的书，是"一鼓作气"地将它读得烂熟的，崇信却是断断续续地将它硬记住的缘故。

一鼓作气

四面楚歌

（出《史记》）

【故事】

　　秦朝末年，四方豪杰相继起兵，混乱了好几年，居然将秦朝灭掉了。最后，只剩了项羽、刘邦①，还是相持不下。——那时，项羽自称为西楚霸王，刘邦自称为汉王。

　　楚汉两国，这样龙争虎斗地一直打了七八年仗，依旧是分不出个胜负来。其中却只苦了一般小百姓。凡是年少力强的，都被他们强迫去当兵；老年和幼年的，也被他们拉了去运粮。所以，全中国的人，有的死了儿子，有的死了丈夫，有的死了父亲：大部分都成了寡妇孤儿，十分凄惨，十分伤心。

　　他们两人中，倒还是项羽有点儿慈悲心，他看见了国内这种景象，便情愿和刘邦议和，打算各人平分中国的一半儿土地，从此停止战争。刘邦起初虽然答应他，但是，不久却又忽然反悔了。项羽没法，只得仍旧和他对抗。

　　这时候，项羽正驻军在垓下②，刘邦便带了他的谋臣勇士，如韩信③、彭越④一班人，竟浩浩荡荡地直向楚军进逼过去。

　　本来，楚军营里的粮草，早就很缺少了。所以，项羽很急切

110

地盼望着，准备马上和汉军一决雌雄。不料，刘邦的军队开到以后，却老是守着阵地，按兵不动。这样接连好几天，楚军中的粮草，当然是更加难以维持了。不但项羽急得日夜不安，就是那些兵士们，也因为这个缘故，全提不起一点儿精神来了。有的饿着肚子，萎靡不振；有的却只顾自己性命，便偷偷地逃亡了。楚军的战斗力，因此一天一天地消失。

汉军趁这个好机会，便将垓下这个地方，团团地围住，真是围得水泄不通了。不要说饥饿困苦的楚军，就是再强悍些的军队，也不怕你会插翅飞上天去。

有一晚，项羽睡在营中，正在翻来覆去地睡不着，忽然听得帐门外传来一片歌声，仿佛东西南北四面，同时有许多人在唱着。再仔细听听，那歌声却都是从汉营中发出来的，不过，那声调却又像是楚人中最通行的山歌。

项羽怔怔地听了一遍，再听一遍，最后才听清楚，的确四面都是唱的楚歌声调了。他顿时便吃了一惊，暗想：汉营里面，哪里来的这许多唱歌的楚人呢？莫非汉王已经完全得到我们楚国的土地了吗？

想着，项羽便战战兢兢地跳下卧榻，打算立刻便要逃跑。

其实，这从汉营中传出来的楚歌声，并不是真的楚人所唱的，只不过是刘邦一时用的诡计。——他先令他的兵士们，跟着会唱楚歌的人学习歌唱。等到学会了，便叫他们同时在四面唱起来，目的是想使楚兵听了，便会产生思念家乡的感情，却把打仗的事淡忘了。

项羽不知道这是刘邦用的计策，以为汉营里的楚歌，都是被汉兵掳来的楚国人所唱的，因此吃惊不小，立刻便想逃跑了。

当下，他一面喝了些酒，用来壮了壮胆儿；一面将他心爱的侍妾虞美人⑤叫了起来，又将他心爱的骏马乌骓牵了出来，一言不发地望着他们，不觉感慨得悲壮万分。因此，他便放下酒杯，提起剑来，边舞边流泪地唱出一首歌来，它的大意是：

> "我的力能拔起一座山，
> 我的气概可以压倒一切，
> 可惜呀，我的时运实在不济！
> 我的乌骓马又不快快地跑。
> 乌骓马不快跑，将怎样好！
> 我的爱人虞呀，将怎样好！"

歌唱完了，又长长地叹了一口气。虞美人便也和了他一首歌道：

> "汉兵向北方侵略过来了，
> 四面是一片楚歌的声音。
> 大王呀，
> 你的英雄气概到哪里去了呢？
> 从今以后，
> 又叫我怎样地过活！"

歌声停止了，两人拥抱着只是对哭，竟连一句话也说不出来。过了一会儿，项羽才发了一道命令，叫部下挑选了八百名骑兵，在营门外侍候。直到两人哭了一个痛快，他便翻身跨上那匹乌骓马，向虞美人说道："我的虞呀，我们就此分别了吧！"

项羽说着，竟头也不回地一径跑出营门，带领了八百名骑兵，飞也似的走了。

虞美人身处在这种境地，真如万箭穿心，她想：他是走了，

中华成语故事

现在汉兵围得铁桶似的，将来还不知怎样的结局呢！唉，我既生成薄命，倒不如早点自杀了吧！她随手抽起一把宝剑，向颈项里一划，就此自刎而死。

项羽冲过了几重汉军的围兵，杀死了几员汉将，最后，终因众寡不敌，项羽被逼到乌江⑥边上，也自刎而死。

【故事注解】

① 刘邦——秦末沛（今江苏沛县）人，字季。起初做泗上亭长，和项梁同时起兵，称沛公，后来又称汉王。灭了项羽，便即帝位，是为汉高祖。在位十二年。

② 垓（gāi）下——在今安徽灵璧东南沱河北岸。

③ 韩信——汉初三杰之一，淮阴人。先投项羽，项羽不能用他，便由萧何荐到刘邦那里，拜为大将军。立功很大，封为齐王，又改封楚王，后来为吕后所杀。

④ 彭越——也是汉初功臣，封梁王，后来有人告他谋反，夷三族。

⑤ 虞美人——姓虞的美人，也称虞姬。

⑥ 乌江——在今安徽和县东北四十里，就是现在的乌江镇。

【成语释义】

借用为受几方面逼迫的意思。

【用法举例】

一、对话

甲："咦，你们老兄为什么好几天不到这里来了？"

乙："他吗？这几天正在忙着寻门路，打算借一笔巨款呢。"

甲："做什么用？"

乙："因为，他店里几次进的货，一点销路也没有，但是，欠了人家的货款，却还没有缴清。所以，这几天来，像瑞泰呀，三兴呀，同和呀，正康呀，老同茂呀……这些大行家，都来催他付账了。你想，他既然被包围在这'四面楚歌'之中，怎么可以不去借一笔钱来应付呢？"

二、叙述

宋志和的新屋刚刚落成，便出现问题了。

起初，市政府首先发现他的大墙门，建筑得太凸出了，有些妨碍交通，所以便勒令他重新改造。

过了几天，他的左邻范慕式，又说他的围墙打得太宽了，侵占了范姓的地面，便在法院里告了一状。

同时，他的后楼上，忽然掉下了一块瓦片，将一个卖菜人的头打破了，那人也正在要求他赔偿损失。

那喜孜孜的宋志和，立刻便陷入"四面楚歌"的境地了。

退避三舍

（出《左传》）

【故事】

晋献公①有许多儿子：世子②申生，是齐姜所生；重耳③，是狐姬所生；夷吾④，是小戎子所生；奚齐，是骊姬所生。

献公最宠爱骊姬。骊姬便想将自己所生的儿子奚齐，立为世子。因此，屡次在献公面前怂恿，打算叫申生住到曲沃⑤去，重耳住到蒲城⑥去，夷吾住到屈⑦地去。——名义虽然是叫他们防守边疆，其实，却要使得他们和献公隔离，那么，父子的感情，也自然一天淡薄一天了。

自此以后，献公的身边，只有一个奚齐常常伴着。不知不觉地，献公果真偏爱奚齐，决意要改立他为世子了。

骊姬心里虽然欢喜，但是，最终还是怕其余的儿子们不服，她便又设计诬陷他们，说他们都有谋杀献公的嫌疑。

献公不辨是非，便要杀死申生，申生竟在曲沃自缢（yì）而死；又命贾华伐屈，夷吾只得出奔到梁国⑧去；命寺人披⑨伐蒲城，重耳先出奔到狄，后来又由狄经过卫国⑩到齐国、曹国⑪、宋国⑫、郑国⑬、楚国、秦国。

退避三舍

当重耳在楚国的时候，楚成王⑭一见他的面，便知道他是一个有为的人，所以接待他十分周到。

有一次，成王设宴款待重耳，吃到一半儿的光景，成王便问重耳道："现在，寡人这样厚待公子，将来公子如果能够回到晋国，应该怎样地报答我啊？"

重耳很恭维地道："你们楚国，出产丰盛，府库富足，还稀罕什么呢？我们晋国，不过沾了些你们的光，所有的一切，都是你们的余泽，实在没有东西可以报答你！"

成王道："你不要误会！我说的并不是指财物，而是，将来晋楚两国，万一有什么冲突的时候，你怎样报答我呢？"

重耳这才老实地答道："我要是有一天能够重回晋国，对于你们楚国，当然是另眼相看。即使将来两国发生了什么冲突，我如果带了兵出来，为了报答你起见，首先便当'退避三舍'⑮。不过，我三退以后，你要是仍旧紧紧地进逼，那么，我为了我们的国家，也只得很不客气地和你周旋一下了。"

楚国的令尹子玉⑯恰巧也陪在旁边，他听到了重耳的话，知道他的志向不小，恐怕他将来成为楚国的劲敌，便请成王杀死他，以除后患。

哪知，成王不但不听子玉的话，并且，还出了些资斧⑰给他，送他到秦国去了。

过了几年，重耳果然回到晋国，做了国君。

这时候，楚成王正在出兵围宋，宋国连忙派人到晋国去告急乞援。重耳便召集群臣，互相商议了一次。结果，大家都主张先去讨伐新近归附楚国的卫国和曹国。让楚兵来救曹、卫，那宋国的围，便可以解除了。

重耳因为当初出亡的时候，曾受曹、卫二国的侮慢，正想借此报怨，很赞成这个主张，便即日出兵，攻曹伐卫。而且，不久

中华成语故事

就攻破了曹城。

楚成王听到了这个消息，便叫子玉解了宋国的围，并且警戒他，劝他切不可追逼晋军。

子玉不听成王的话，竟自管自地率师进逼晋军。重耳便下令退兵，以避楚军。晋军中的将官们都说道："你是晋国的国君，子玉是楚国的臣子。堂堂的国君，倒去畏惧别国的臣子，要这样避他，这是多么羞辱的事啊！况且，楚军围困宋国很久，他们的兵已经用老了，我们却士气方壮，为什么没有开战就要退兵呢？"

这时，只有一个狐偃⑱却别有见解地说："你们这些话，都说错了！要知道，师直⑲为壮，曲⑳为老，用得久暂，是没有关系的。况且，我们国君出亡的时候，曾经受过楚国的恩惠。他还对楚君说过，将来如果晋楚两国，发生了战事，晋军必定'退避三舍'，以为报答。现在，我们要是忘了他们的恩惠，背弃自己的信誓，那么，曲在我们，直在楚国。就是和他们拼命对敌，也决不会得到胜利的。再反过来说，我们要是退避了三舍，当然，对于楚国的恩惠，可以算是已经报答过了；我们国君的信誓，也可算是实践过了。这时候，楚军倘使还不肯放松，那便可说是他们过分，直在我，曲在楚，还怕不会得到胜利吗？"

众将官听了狐偃的话，都觉得很有道理，便一齐下令，吩咐晋军退了三舍。子玉看见晋军纷纷后退，以为他们实力不足，有些畏惧楚军了，便带领了大队人马，紧紧地赶了上去。

晋军退到城濮㉑这个地方，足足已有三舍，便不再退。等到楚军追了上来，两方军队便开始战斗起来。

结果，楚军大败。子玉也懊悔不该不听成王的训诫，便在连谷㉒这个地方自杀了。

【故事注解】

① 晋献公——见《唇亡齿寒》篇。

② 世子——天子和诸侯的嫡长子，就是正夫人所生的最大的儿子，叫世子。天子和诸侯死了，是应该由世子嗣位的。

③ 重耳——就是五霸之一的晋文公。

④ 夷吾——就是晋惠公。

⑤ 曲沃（wò）——晋地名，在今山西曲沃县。

⑥ 蒲（pú）城——晋地名，就是现在山西省隰县。

⑦ 屈——也是晋地名。

⑧ 梁国——国名，在今陕西韩城市南。

⑨ 寺人披——寺人就是宦官，俗称太监。披是名字。

⑩ 卫国——春秋时候的姬姓国，封地在今河北、河南二省交界处。

⑪ 曹国——春秋时姬姓国，今山东曹县，就是它的封地。

⑫ 宋国——在今河南商丘市，是商朝之后。

⑬ 郑国——在今河南开封以西到汜水的地方，都是它的封地。在春秋初年，势力很强大，能够操纵诸侯。

⑭ 楚成王——名熊恽（yùn），楚文王子。

⑮ 三舍——三十里为一舍，三舍就是九十里。

⑯ 令尹子玉——令尹是官名。楚国的执政者，称为令尹。子玉，就是成得臣，子玉是他的字。

⑰ 资斧——就是盘缠、路费。

⑱ 狐偃（yǎn）——晋文公之舅，字子犯，所以也称作舅犯。文公为公子时，出亡在外，狐偃跟从他十九年。后来文公定王室，霸诸侯，大半都是狐偃替他谋划的。

中华成语故事

⑲ 直——就是理直，就是道理不错。

⑳ 曲——就是理曲，就是道理错了。

㉑ 城濮（pú）——卫国的地名，约当今山东鄄城西南临濮集。

㉒ 连谷——楚地名。

【成语释义】

借用为屈服于人的意思，或是表示不敢和人争高下的谦虚语。

【用法举例】

一、对话

甲："前天你和方盈之比赛乒乓球，你们不是打了一个平手儿吗？"

乙："是的。我那天没有输，真是侥幸极了。"

甲："盈之今天特地托我来关照你，星期日请你到他那里去，他还要和你打几次玩玩呢！"

乙："不敢，不敢！要是再来一次，哪里打得过他，我只能'退避三舍'了！"

二、叙述

王小固实在太夸口了，他常常说："我曾经到过三十六国，精通英、法、德、日、俄五国语言。"

前几个月，不知从哪里忽然来了一个留学生，特地到他家里去拜访他。一到他家，便用英语和他谈话，哪知他连一句也回答不出。后来，又改用法、德、日、俄各国语言，结果，还是这样。

昨天，听说又来了一个语言学博士，写了信去约他会晤，并且有许多关于语言学方面的疑难问题，要请他指教。这一来，便将他吓得"退避三舍"了。

鹬蚌相争

（出《燕策》）

【故事】

战国时候，各国的国君，大都只知道逞个人的私欲，侵略别国，却毫不顾及人民的痛苦。

有一次，赵国的惠王①又打算调兵遣将，去攻打燕国了。

赵国的许多臣子，虽然都苦口婆心地请他顾怜人民，不要任意掀起战祸，但是，他始终不肯听从。眼看赵、燕两国的战事，差不多就要爆发了。

那时候，燕国倒并不愿意和赵国开战，因此，燕王得到了这个消息，便派了一个能言善辩的苏代②，连忙赶到赵国，想用言语去打动他，使他取消这次出兵的计划。

这是多么重大的一个使命啊！自然，当苏代动身出发的时候，谁都在替他担心，谁都在替他疑虑，不知道他用这三寸的舌头，怎么样去打退那数十万的大军呢！

哪知，苏代到了赵国，见过了惠王，却并不多说什么，只讲了一个有趣味的故事道：

"我这次从燕国到贵国来，接连走了好几天的路。有一天，我刚走过易水地方，一会儿玩赏玩赏那滔滔的碧波，一会儿望望那远处的山峰，正在逍遥自得，忽然，瞥见前面，有一只大蚌③，恰巧张开了壳，在沙滩上晒太阳。

"过了一会儿，不知道从哪里又飞了一只鹬④来。它扑扑翅膀，在沙滩上蹀来蹀去，仿佛要寻觅些什么似的。最后，终于给它找到了那只大蚌。当时，它便一声不响地走过去，用它那长长的嘴，竟猛力地对准了那大蚌，啄了过去。

"可是，那个大蚌，力量倒也不弱。它一瞧见那只鹬的长嘴啄下来，便立刻将它的两张硬壳，紧紧地闭了起来。同时，那只鹬的长嘴，也给它拑⑤住，再也挣扎不脱了。

"那只鹬却还没有想到结局如何，因此，它的嘴虽被大蚌拑住了，却还是狠命地啄着蚌肉，说道：'如果今天不下雨，明天又不下雨，看你搁在沙滩上，必定要干死了。'

"蚌听了，也学着它的话，说道：'如果今天不放你，明天也不放你，看你闭着嘴，不闷死也要饿死了！'

"它们这样坚持着，我不肯放你，你不肯饶我，大家各不相让。但是，到底谁也不能制服谁，只是互相死拼着罢了。

"这时，恰巧有一个渔翁，从沙滩边走过。他看见鹬的嘴被蚌拑住，不能高飞；蚌的肉被鹬啄住，也没法逃脱。他便毫不费力，将鹬和蚌一起都捉了来，笑着道：'哈哈！你们争斗得好，却便宜了我这个老渔翁。'

"鹬和蚌要想互相讲和，却已经来不及了。"

苏代将这个故事讲完，便问赵王道："大王觉得这鹬和蚌，太愚蠢了吗？"

赵王哈哈地大笑道："那还用说，自然是太愚蠢了啊！"

苏代得了这机会，便比喻给他听道："可是，现在赵国和燕国，不是也要学着那鹬和蚌，互相死拼起来了吗？哼，请你瞧着吧，我们西面的那个秦国，也许就是渔翁呢！"

赵惠王听了他的话，默默地思索了好一会儿，便恍然大悟过来，当即把攻打燕国的主张打消了。

【故事注解】

① 赵惠王——武灵王庶子，名何，在位三十三年。

② 苏代——战国时洛阳人，纵横家苏秦的弟弟，也习纵横术。

③ 蚌（bàng）——软体动物，有两个椭圆形介壳，可以开闭。壳表面黑绿色，有环状纹，里面有珍珠层。生活在淡水中，有的种类产珍珠。

④ 鹬（yù）——水鸟名。头圆大，长寸余，嘴长二三寸，全身黄褐色，夹杂些灰黑和赭褐色的斑点，胸腹白色，趾长无蹼，常常栖息在水田中，捕食水族。

⑤ 拑——和箝或钳相通，是夹住的意思。

【成语释义】

比喻：彼此相争，让第三者获得利益。

【用法举例】

一、对话

甲："喂，士清，你到什么地方去？"

乙："到地方法院去，你不知道今天又是开庭的日子吗？"

甲："啊，难道你和寿椿的讼事，直到现在还没有了结？"

乙："是的，在几次法庭上，寿椿硬说我欠他的钱，但是，在我说起来，他实在还欠着我呢！"

甲："唉！你们俩都还没有明白呢，依我看来，这也许是王玉庭在你们两者间故意挑拨吧!"

乙:"王玉庭,他为什么要挑拨我们?"

甲:"这事只有我们旁观者看得清楚,因为他上次不是曾和你说过,愿意帮助你进行讼事,请你在胜诉以后给他些报酬吗?哼,哪知道,他和寿椿也是这样说的。所以,我早想劝劝你们,快点儿停了诉讼吧,免得演出那'鹬蚌相争'的把戏来啊!"

二、叙述

三民街新建的那幢房子,据说是赵大奎的,筑得实在精美极了。所以,李楠轩和董平甫两人,大家都争着要向他租赁。

起初,楠轩答应每月愿出三百元租金,平甫却立刻增加到三百五十元,哪知,楠轩得到了这个消息,便又增加到四百元。他们这样"鹬蚌相争"似的,其中却便宜了一个赵大奎,倒可以坐收渔人之利了。

嗜痂之癖

（出《宋书》）

【故事】

　　南朝时候的宋朝①，有一个名叫刘邕②的人，他的癖性和平常人不同，谁都觉得十分奇怪。

　　有一次，他的朋友孟灵休忽然病了，刘邕接连有好几天没有瞧见他，心里非常惦记，便决定抽出些时间，特地赶到孟家去探望。

　　刘邕一走进孟灵休的卧室，就看见他奄奄地睡在床上，不住声地正在"哎哟哎哟"地哼着。

　　刘邕便轻轻地走过去，向他问道："灵休兄，好几天不见了！你的病可痊愈了些没有？"

　　孟灵休睁开眼睛来一瞧，知道是他的好朋友来了，连忙挣扎起来，招呼着他道："难得，难得！——可怜我一病数日，现在虽然略略痊愈了些，但是，总觉得是沉闷极了，现在你既来了，我们正可以谈谈心咧！"

　　刘邕向他打量了一会儿，只见他满身脓血斑驳，十分痛苦似的，便又问他道："你到底患的什么病呀？"

孟灵休道："起先，仅仅发了几颗小疮，我总以为不妨事的。哪知，后来竟渐渐地蔓延开来，现在差不多满身都生着疮呢！"

刘邕听得孟灵休这样一说，顿时便很兴奋地快活起来道："你生着疮吗？那是好极了！可是，我要问你，你可有疮痂③落下来吗？"

孟灵休听说，不知道他是什么意思，忙揭起被来道："怎么没有！你瞧，这些不都是落下来的疮痂吗？"

刘邕仔细向他被底下瞧去，果真一堆一堆地全是带着脓血的疮痂，他便老实不客气地，随手抓起一把来，急急地向着自己嘴里塞了进去。

他津津有味地咀嚼着，一面还在赞美道："好味道，好味道！"

孟灵休不觉瞧得有些吃惊了，忙阻止他道："怎么，你可是发疯了吗？这样龌龊的东西，哪里可以吃得的？"

刘邕道："你不必管我，这是我生平的第一件嗜好的东西啊！"

这样吃了好一会儿，差不多把身上落下的疮痂，都给他吃完了。孟灵休便又问他道："你为什么喜欢吃这种东西，到底这味道是怎样的？"

刘邕道："你真少见多怪，这味道，实在和鳆鱼④一样地鲜美呢！"

孟灵休笑道："好吧，你既然这样爱吃，索性将我身上没有脱落的，一起给你吃了吧！"

说着，便脱下了衣服，叫刘邕将他身上结着的疮痂，一齐都剥了下来，让他吃了一个饱。

后来，刘邕告别回去了，孟灵休便写了一封信，告诉他的朋友何勖道："刚才刘邕来，狠狠地吃了一顿，竟使我遍体都流血了。"

何勖得到了这封信，不明白怎么回事，所以总猜不出他遍体

126

流血的原因来。

【故事注解】

① 宋朝——南朝之一。自刘裕受晋禅，便取了个国号叫作宋，建都在建康，就是现在江苏的南京市。占有今扬子江、珠江两流域各省。传八主，共五十九年，被南齐所灭。

② 刘邕（yōng）——南朝宋刘穆之的孙子，曾为南康郡公。

③ 痂（jiā）——疮出脓后，结着的一层干蜕，叫作痂。

④ 鳆（fù）鱼——一名鲍鱼。有壳，呈椭圆形，长约二寸光景，有吸水孔八九个。壳很薄，外面淡褐色，里面略带珍珠色。常常吸附在岩石上。

【成语释义】

嗜好失当。

【用法举例】

一、对话

甲："郁贤宾家里，为什么常常有许多鸟叫的声音发出来？"

乙："因为养着许多各式各样的鸟啊！"

甲："一共约有多少只？"

乙："五六百只吧！"

甲："可是准备卖的？"

乙："不，他是供自己玩玩的！"

甲："自己玩玩，要养这么多，倒也可算是'嗜痂之癖'了！"

二、叙述

　　小珊儿最喜欢收集废物。他每天在大街小巷中走着，无论瞧见什么锈的铁钉，断片的鸟毛，碎的蛋壳，盛过药水的小玻璃瓶……没有一件不是很郑重地拾回去，当作自己的玩具。

　　他用一只小木箱，将它隔作了好几格，然后分门别类地藏起来，仿佛是一个小小的博物馆。

　　他父亲虽然买了许多精美的玩具给他，但是，他却没有一件喜欢的，每天仍是专心一意地忙着收集废物。所以，他的父亲说他有"嗜痂之癖"。

买椟还珠

（出《田侎子》）

【故事】

楚国有一位珠宝商人，有一次，收到了一颗珍贵的珠子，体积很大，颜色又来得白净，滴溜圆的，实在是一件稀世的宝物。

那商人非常重视这颗珠子，他很想找到一个大主顾，在这上面赚一注很大的利益。因此，他将这颗珠子珍藏得很秘密，平常是不肯给人家瞧一瞧的。

过了几天，他又委托一个雕刻匠，雕刻了一只十分精致的椟①，预备安放这颗珠子。——这只椟是用木兰树②的质料做成的，四周更镶了许多小珠子，盖上也嵌了许多翡翠③和玫瑰④，加上那雕刻匠的手艺又巧妙，所以做成以后，不但质地十分宝贵，就是那式样，也觉得是玲珑可爱的。

但是，这只椟要是和那颗珠子比起来，价值却不过抵得千分之一罢了！由此，便可以想见那颗珠子的价值，是多么地名贵啊！

商人拿了这颗珠子，先在本国兜揽主顾。跑来跑去，跑了好几个月，却始终没有一个人能够出一笔大价钱的。他眼见得没有一点儿希望了，于是，才打定主意，带到别国去卖。

商人接连游历了好几国，虽然花去了不少的路费，可是，结果却和在本国一样，依旧没有把珠子卖出去。最后，他便到了郑国，好容易，辗转托人介绍，才找到了一个郑国最有钱的富翁。商人满心欢喜，以为这一次的买卖一定可以做成功了。第二天，他便笑逐颜开地带了珠子，跟着介绍人，到那富翁的家里去。

那富翁接到了这只椟，很仔细地在四周瞧了又瞧，不住口地兀自称赞这东西可爱，却并没有注意到这椟中的珠子。接着，问那商人道："你打算要卖多少钱？"

商人道："这是稀世之宝，我也不向你讨大价钱，就算一万两银子吧！"

郑国的富翁连声说道："不贵，不贵，算数，算数！就卖给我吧！"

立刻，他便叫人搬出一万两银子来，实行银货两交，将买卖的手续办妥当了。

哪知，商人拿了银子，刚要向富翁告别的时候，那富翁忽然叫住他道："且慢，且慢，你这椟中，还剩下一颗珠子呢！快来拿回去吧！——这种毫无价值的东西，反正留在这里也没有用处。"

这出于意料之外的际遇，真使商人快乐得连话也说不出来了，心想："世界上竟有这样的人，花了一大笔钱，仅仅留下了一个毫不相干的匣子，却将所买的东西仍旧还给我，这真可算是太不识货了。"

商人一边想着，一边便取了珠子，欣欣地回家去了。

【故事注解】

① 椟（dú）——藏物的木匣子。

② 木兰树——一种木本的植物，一名杜兰，也可叫作林兰或木莲。这种树生于巴峡，大的有五六丈高，经冬不凋。叶像桂叶而厚大，花像莲花，有红黄白各种颜色。木的肌纹很细，木心色黄，俗称为黄心树。价值很高。

③ 翡翠（fěi cuì）——最致密的一种石货，半透明，光滑如脂肪，硬度比宝石低，色鲜绿，很珍贵。

④ 玫瑰——一种红颜色的宝石。

【成语释义】

比喻：去取不得当。

【用法举例】

一、对话

甲："前天，余先生托你介绍几位记录员，你可曾替他物色过？"

乙："我一时因为找不到人，就将王星海、曹剑人、章子白三人介绍给他，请他自己选择。现在你倒猜猜看，他最后选中了哪一个？"

甲："在这三人中，谁都知道章子白的学问最好，而且字也写得漂亮，当然该选中了他吧！"

乙："在起初，我和你是一样的猜测，但是，事实却完全不对。——他所选中的，却是王星海啊！"

甲："哈哈哈，不选中章子白，却选中了王星海，那不是'买椟还珠'吗？"

二、叙述

陈三民费了两年的光阴，精心撰著了一部《欧洲游记》。直等到全书告成以后，他为了要使读者增进兴趣起见，便将当初游历时所买到的那些风景画片，附贴在文字中间，然后托友人介绍，打算卖给环球书店出版。

哪知，环球书店接到他那本稿子，便写了一封回信给他，表示不能收受这本游记的歉意。末了，却向他请求，愿意将那些画片抽出来，印成一本《欧洲名胜集》出版。

陈三民接到了这封信，觉得这种"买椟还珠"的办法，实在是太可笑了，便写信去，将那本稿子收了回来。

中华成语故事

大义灭亲

（出《左传》）

【故事】

春秋时候，卫国的庄公①有两个儿子：一个是妫氏②所生的，就是桓公；一个是嬖人③所生的，就是公子州吁。

卫庄公非常宠爱州吁，加之州吁生性很喜欢弄兵，因此，他便恃宠横行，专门用武力去欺压别人。庄公虽然知道他的行为不好，但也没去制止他。

卫国有一位正直的大夫④名叫石碏⑤，他眼瞧着州吁这样放肆，心里着实有些担忧。有一天，他趁着进见庄公的机会，便劝谏他道："父母对于儿子，要能够教以义方⑥，才算是真正地爱护他。否则，要是一味地放纵，使他不知不觉地走到邪路上去，那便是溺爱。这对于他没有一点儿好处，却反而要害他了。现在，公子州吁，在外面真是无所不为，照这样下去，肯定是没有好结果的。所以，依我想来，还是趁早教训教训他才是！"

哪知，庄公听了他的话，竟如耳边吹过了一阵风，依旧是十分溺爱州吁，随他在外边骚扰。

石碏因为庄公不听他的劝告，正在纳闷，忽然又听见人家说，他的儿子石厚，却和州吁非常亲密，他们常常互相往来，计划着种种不正当的勾当。石碏虽然屡次禁止儿子，不准他和州吁结交，可是，石厚还是阳奉阴违，不听他父亲的话。

不久，庄公死了，照例便该桓公即位。这时候，别人一点儿也瞧不出州吁的态度怎样，只有石碏，却早已料到州吁日后必要作乱。他不忍眼看着卫国的崩裂，便辞了官职，回家去了。

过了不久，果然不出石碏所料，州吁竟弑了桓公，自立为国君了。但是，全卫国的人民，却没有一个服他的，因此，州吁始终不能安安稳稳地做他的国君。他和石厚商量了一会儿，便决意派遣石厚到石碏那里去，要请他的父亲设法。自然，石碏是卫国的老臣，而且又很有声望，只要他肯说一句拥护州吁的话，就不怕人民不信服他。

石厚回到家里，真的便将州吁的意思，对他父亲说了一遍。

石碏当即说道："这有什么为难？你回去，只要赶快请州吁去觐见⑦周天子好了。要是周天子接见他，那便是承认他为卫国的国君了。天子既然承认了，他名正言顺地做他的国君，人民还会不服他吗？"

石厚很满意地点着头道："但是，要怎样才能使周天子一定会接见呢？"

石碏道："这又是很容易的！——你要知道，现在周天子最信任的人，便是陈桓公⑧。陈国和卫国，一向邦交也很和睦。只要州吁能先去拜访陈桓公，托他代求天子，事情没有不成功的。"

石厚很相信他父亲的话，立刻回去告诉了州吁。他们俩便整顿行装，准备到陈国去找桓公。

石碏知道他们动身了，便暗地里派了几个亲信的人，昼夜兼程，竟在州吁和石厚未到以前，先已赶到陈国，对陈桓公说道："我们卫国，实在不幸得很，忽然出了两个危害国家的贼子——就是州吁和石厚。全国的人民虽然都恨他们，但是，毕竟势力薄弱，也奈何他们不得。现在，听说他们快要到贵国来拜访你了，如果真有这回事，请你看在先君面上，设法将他们捉住了吧！"

陈桓公早已知道州吁和石厚的横暴，况且这几个人，又是卫国最正直的老臣派来的，他便满口应允了这个请求。

只有州吁和石厚，却还在做梦一般。他们一路得意扬扬地前进，哪知一到陈国，就被捉住了。

陈桓公一面将州吁和石厚监禁起来，一面又派人到卫国来报告，请派人去办他们的罪。卫国便派右宰丑⑨去，将州吁杀了。石碏也派了他的家臣⑩羊犟肩，去杀石厚。

羊犟肩当时不敢担任这个差使，便对石碏说道："你的儿子虽然不肖，可是，到底是你的亲骨肉，现在，我如果将他杀了，将来你不会懊悔吗？"

石碏很爽快地答道："不会，不会！'大义灭亲'，我只知道为公，不知道谋私，哪里会懊悔呢？"

羊犟肩看他意志这般坚决，只得赶到卫国去，将石厚杀了。

大义灭亲

【故事注解】

① 卫庄公——武公子，名杨，在位二十三年。

② 妫（guī）——舜之后。春秋时，陈国为妫姓，所以陈国的女儿都叫作妫。

③ 嬖（bì）人——嬖人，就是宠爱的妾。

④ 大夫——官名。当时官职，以卿、大夫、士三种为等级。大夫又分为上、中、下三等。

⑤ 石碏（què）——人名。因为他大义灭亲，所以古人称他为

纯臣。

⑥ 教以义方——教导儿子，使他向合理的方向走上正路，叫作"教以义方"。

⑦ 觐（jìn）见——诸侯朝见天子，叫作觐见。

⑧ 陈桓公——陈是春秋时的一个国名，从现在河南开封以东，到安徽亳州市一带地方，都是它的封地。桓公是陈国的国君。

⑨ 右宰丑——右宰是复姓，丑是名字。

⑩ 家臣——大夫家中用的官，叫作家臣。

【成语释义】

比方：为了公众的利益，不顾自己的私亲。

【用法举例】

一、对话

甲："唉，世风真是浇薄极了！听说，赵三益千辛万苦将他的弟弟抚养大了。不料，他的弟弟竟然将他控告了。"

乙："唔，可是那赵四德，为了什么事？"

甲："因为他的哥哥，暗地替一个外国人出面，收买了一座矿山，现在正打算去开掘。不料，忽然被他知道了，便说他哥哥是外国人的走狗，在民政厅里告了一状。你想，像他这种行为，不是太无聊了吗？"

乙："是这样吗？——在我看来，那倒是应该这样办才是啊！因为，赵三益这种卖国的行为，凡是稍有血性的，谁都要反对呢！"

甲："可是，四德到底是他的亲兄弟呀！"

乙："这叫作'大义灭亲'，哪里还管得兄弟的私情呢？"

二、叙述

红叶村里，不知为什么，忽然被匪徒们攻了进来，一霎时焚杀劫掠，立刻成了一个恐怖世界。

事后，经过村人们的调查，据说主使的人，却是同村胡子青的叔父。因为，他从前曾经为了购买一块荒地，和村人们积有深仇，所以才买通坏人，演了这出大惨剧。

这个秘密，胡子青也知道得很详细，而且，还有证据在他手上。但是，他对于村人们的责难，终于还竭力替他叔父辩护，这也许是他不明白"大义灭亲"的缘故吧！

大义灭亲

望梅止渴

（出《世说》）

【故事】

东汉①献帝②时，董卓③擅权，阴谋篡位，势力已经一天一天地扩大起来了。后来，幸亏司徒王允④，用了计策，将他诱进宫来，杀死了。

他有几个心腹的将官，便是李傕、郭汜、张济、樊稠四人。自从董卓死后，他们四人便逃到了凉州⑤，一面却又派人到长安⑥来，上表求赦。王允因为他们都是帮助董卓作恶的人，没有允许他们的请求。

于是，李、郭、张、樊四人，便煽惑凉州百姓，聚众十余万，杀入长安，声言替董卓报仇，终于将王允杀死，强迫献帝封了他们各人的官职才罢。

过了好些时候，不知怎样一来，张济忽然又从关中⑦带了兵，来攻取南阳⑧了。可是，刚走到半路上，他便给一支流箭射死了。因此，他的队伍，便由他的侄儿张绣代他带领。

张绣用贾诩为谋士，勾结刘表⑨，屯兵在宛城⑩地方，打算直取长安。

中华成语故事

这时候，曹操因为打退了黄巾军⑪，威名日重，一方面正在预备和刘备⑫联合起来，共同去讨伐吕布⑬，一方面却又得到了张绣起兵的消息。曹操难以兼顾两方，只得暂时撇下了吕布，专心一意地去对付张绣了。

立刻，曹操亲自带领了十五万人马，分为三路，浩浩荡荡地出发了。

这样日行夜宿地走了好几天，兵卒们早已是精疲力尽了。何况，这季节正是暮春天气，半空中又高高地悬着一轮烈日，因此，兵卒们个个都熏蒸得口干舌焦，汗流浃背地不能再动弹了。

曹操瞧见这种情形，心里虽也有些不忍，但是，倘使就此中止，岂非笑话。他无可奈何，只得仍旧催促兵卒们，竭力支持，向前行进。

兵卒们处在这种境地，真有求死不得的苦楚，有几个胆大些的，便老实对他说道："我们并不是不肯前进啊！只因大家力乏口渴，再也不能行动半步了，还有什么能力去打仗呢？"

另外的几个也说："此刻，只要能够给我们每人喝些清水，就是不来催促我们，也自然会奋力前进的！"

曹操听了他们这些话，真是急得什么似的，只得又叫人到各处去找水。哪知，找遍了前村后舍，依旧是得不到水源。

曹操坐在马上，一边望着前面远处的一个树林，不觉心中顿生一计，便用手中的马鞭，指着前面，问兵卒们道："你们瞧见了吗，前面那个树林，种的是什么果树？"

兵卒们都回答说："我们瞧不见，不知道是什么树。"

曹操又故意提高了喉咙，好像要使得全军都听得见似的说道："那地方，我是曾经到过的，种的都是梅树啊！——那些树上结的梅子，真是又青又酸！无论谁，只要吃了一个，包你酸得连牙齿都会活动了。我想，现在正当四月天气，梅子一定又结得累累的

望梅止渴

了。你们如果不信，不妨赶上前去，采几个来试试吧！"

兵卒们听得曹操说出梅子二字，不期然地个个都望着前面的树林，被他引得唾沫直流，再也不觉得口渴了。他们便重新振起精神，向前行进。

张绣后来终于被曹操的军队打败，只得领了败兵，仍旧去投刘表。

【故事注解】

① 东汉——汉朝自刘邦即位，至王莽篡位，共经过二百一十二年，是为前汉，也称西汉。后来光武帝中兴，又经过一百九十六年，为曹丕所篡，是为后汉，也称东汉。

② 献帝——东汉最末的皇帝，名协，在位三十年。曹丕篡汉后，封他为山阳公。

③ 董卓——东汉临洮人。灵帝时，为前将军。帝死后，卓擅权跋扈，终于被王允设计，诱使他的部下吕布把他杀死。

④ 王允——东汉祁人。献帝时为司徒，设计诛灭董卓，后被董卓的部下李傕、郭汜所杀。

⑤ 凉州——汉时州名，就是现在的甘肃省。

⑥ 长安——汉朝的都城，亦名斗城，汉惠帝时所筑，在现在陕西西安市西北。

⑦ 关中——东自函关，西至陇关，两关的中间，叫作关中。

⑧ 南阳——郡名，约在今河南南阳市至湖北广水市一带的地方。

⑨ 刘表——东汉高平人，字景升。献帝时为荆州刺史。曹操和袁绍对抗于官渡时，袁绍曾求助于刘表，刘表答应了他，却未出兵。后来，曹操战胜了袁绍，便打算继续去征刘表，可是，曹操没有到，刘表已经生发背死了。

⑩ 宛城——地名，在今湖北荆门市南六十里。

⑪ 黄巾军——东汉末年的农民起义军。首领名叫张角，宣言能用符咒治病，他们头上都裹黄巾，所以称为黄巾军。

⑫ 刘备——字玄德，涿州人，汉景帝的儿子中山靖王的后代。曹丕篡汉后，他便在成都即位，国号仍旧叫作汉。后来讨吴失败，死于白帝城，谥昭烈皇帝。

⑬ 吕布——东汉九原人，字奉先。最初事丁原，后来又事董卓。终因董卓暴虐，和王允共同杀卓。最后被曹操缢死。

【成语释义】

比喻：虚偿所愿。

【用法举例】

一、对话

甲："近来外面的画件多不多？工作一定是很忙吧！"

乙："和前几个月差不多，倒也不见得怎样地忙！"

甲："那么，你上次答应我的那张堂幅，可以画给我了吗？"

乙："当然，我在这几天以内，一定画给你！"

甲："好吧，请你记住了，不要再使我'望梅止渴'才是啊！"

二、叙述

去年，王兰友亲口允诺叔三，一定替他谋一个职业。

一霎时，叔三是何等高兴，便天天伸长了脖子，盼望他的回信。哪知，一天一天很快地过去了，一月一月也跟着过去了，那王兰友的消息，却终于如同石沉大海一般。也许，叔三对于这件事，只能是"望梅止渴"了。

草木皆兵

（出《晋书》）

【故事】

　　晋朝①时候，因为有五胡②进入中原，政府一时难以对付，只得迁避到江南③去，便称为东晋。

　　不料，胡人还不满足。有一次，秦王符坚④，竟统领了百万雄兵，又打算来夺取江南的土地了。

　　不用说，东晋的孝武帝⑤，早已吓得惊慌失措。就是满朝的文武大臣，也都面面相觑，谁都想不出一个退敌的策略来。

　　这时候，只有一个文官，名叫谢安⑥的，却自告奋勇，愿意带了兵去打退秦兵，并且，又保荐他的侄儿谢玄⑦为大将。

　　孝武帝虽然知道谢安是个文人，也许敌不过符坚，可是，一时除他以外，再没有人愿意担当这个重任的。无可奈何，只得任命谢安总督军事，谢玄为征北大将军，带领了仅有的八万人马，便去抵御秦兵。

　　这一来，却引起了朝野上下的纷纷议论，都说："谢安是一个文官，手无缚鸡之力，胸无军旅之学，怎能统兵杀敌？这一回，不过是白白地去送死吧！"

142

第二天，大军便出发了。在临行的时候，谢安便下了一个命令给前敌将士，只叫他们将各处的关隘严防着，并且叫谢玄将重兵驻扎在淝水⑧，却不许出战。

接连几天，符坚因为晋军没有一点儿动静，便亲自走出营门，向淝水方向探望了一回。只见晋军的营垒，疏疏落落的并不怎样多，而且，营门紧闭，非常萧瑟；再回头望望他自己的军营，却是刁斗⑨森严，旌旗蔽日，军容壮盛极了。因此，他便很轻视地哈哈笑道："我军人数这样地多，只要每人抛下一条马鞭，淝水也立刻可以装满了。不料那谢安这样不自量力，竟带了这区区的八万人马，就想来和我对抗。瞧着吧，我们不费吹灰之力，就可将那谢安活捉过来。"一方面，更传下命令，叫后方的人马，陆续地再开过一大批来，准备和晋军决战了。

谢玄听到秦兵继续开到的消息，自知寡不敌众，真是吃惊不小，便趁着黑夜，私自回到城里来见谢安，要请教一个对付的方法。谢玄老实地告诉谢安道："这几天，秦王亲临前敌，秦兵大有蠢蠢欲动的神气。侄儿生恐寡不敌众，所以连夜赶来求见叔父，以便商量一个办法。请问我军对付他们的策略，到底布置好了没有？"

谢安很安闲地道："你赶紧回营去，只要调集人马，将淝水紧紧地守住就是了，切不可轻举妄动，我自有对付的策略。"

谢玄不敢多说，只得急忙赶回营里，吩咐部下，坚守淝水。可是，心里却总有些忐忑不安。

这样又过了几天，秦军派了五万人马，竟攻进了寿阳⑩，并且杀了郡守王正。谢玄得到这个消息，心里更加慌急起来，便派一个部下名叫张玄的，去请谢安到淝水行营中来主持一切。哪知谢安却不理军事，只和谢玄赌赛围棋，消遣光阴。谢玄看到了这

草木皆兵

种情形，真是哭也不是，笑也不是。

符坚因为这一天取得了胜利，十分欣悦，第二天，便召集了几个重要的将官，商议即日进兵攻取淝水的策略。不料，大家正在讨论得兴高采烈的当儿，忽然有几个探子走进来报告道："晋军不知怎地竟打败我们的前锋了！"

符坚听说，急忙带了那些将官们，一径跑到寿阳城楼上，向晋军方向遥遥地望了一回。只见那八公山⑪一带，整整齐齐地排列着百万雄兵，而且军械齐备，个个都是勇猛的健儿，就连八公山上的草木也像化为了兵卒似的。符坚望了好一会儿，不觉大惊失色道："谁说他们的人马弱少，这正是我们的劲敌呢！"

符坚从城楼上下来，走回军营，再也不像前几天那般乐观了。他想："他们的势力雄厚万分，怎能攻打得进呢？"一霎时，全军的将士们，都已知道了这回事，大家也像符坚那般地胆战心惊，惶惑得什么似的。

这一夜，谢安趁秦军军心浮动的时候，便派了几队得力的人马，悄悄地渡过了淝水，然后再分为几路，趁着东南风，一起烧杀起来。而且，在秦军中也早已约好了晋降将朱序⑫，做他们的内应。

秦军不及提防，大家但见四面火光烛天，并听得喊声动地，加之内应朱序的部下，大叫道："不好了！不好了！秦兵打得大败，秦王也已战死，八公山的大军，一起杀过江来了。"

秦军到了这个纷乱的时候，哪里还有应战的勇气，全军立刻便溃散了。符坚自己带的一队人马，险些也被晋军追到，幸亏，符坚忙叫兵士们脱下盔甲，叠在路口焚烧起来，才挡住了晋军前进。一路上，秦兵听到风声鹤唳，也都当作是晋军追赶过来的人

144

马声，没有一个不急急忙忙着逃命的。

【故事注解】

① 晋朝——司马炎受魏禅，国号晋，都洛阳。传四主，共五十二年，为前赵所灭，这叫作西晋。后来元帝渡江南迁，即位于建康，又传十一主，共一百零三年，这叫作东晋。

② 五胡——就是匈奴、羯、鲜卑、氐、羌五族人，共分十六国。

③ 江南——即长江以南的地方。

④ 秦王符坚——晋时，氐族符洪占据关中，称为三秦王，到了符健时候，才称帝。符健死后，他的儿子符生即位，非常凶暴，他的从弟符坚便杀了他自立。后为羌族姚苌所杀。

⑤ 孝武帝——字昌明，简文帝的儿子，在位二十四年。

⑥ 谢安——晋阳夏人，字安石。起初不愿做官，隐居在东山，到了四十多岁，才出来做桓温的司马。后来，打退秦兵，累官至太保，死后追赠太傅，所以后世称为谢太傅。

⑦ 谢玄——谢安的侄儿，字幼度，有经国的才略，淝水战胜后，拜为前将军，封康乐县公。

⑧ 淝（féi）水——源出安徽合肥市，北流二十里，分为二支，一支东流入巢湖，一支西北流至寿县入淮。现在发源处已经中断，便成二水，一支向西北流的，称为东淝河。

⑨ 刁斗——古时的行军用具，以铜制成，日间用以烧饭；晚上，把它击起来，警告兵士们，并且借以报告时刻。作用就如现在的敲更一样。

⑩ 寿阳——县名。本名寿春，晋朝因为避讳，改寿阳，后魏时，仍旧称寿春。就是现在安徽寿县。

草木皆兵

⑪ 八公山——山名，在今安徽寿县东北，淝水之北，淮水之南，也叫作北山。

⑫ 朱序——晋义阳人，字次伦。守襄阳时，被秦军掳去。淝水战后，从秦军中逃回，拜龙骧将军、豫州刺史。

【成语释义】

惊慌到了极点。

【用法举例】

一、对话

甲："这一次的考试，我一定是失败的。"

乙："为什么？"

甲："我此刻偶然记起，仿佛在那本算术试卷上，曾经列错了一个算式，写错了一个答数！"

乙："即使算术一门不及格，也不至于失败啊！"

甲："还有呢！——陈先生昨天不是在说，本级中有一位同学，英文考试的四个问题，只做对了一个。当时，我看他的态度，也许正指着我呢！何况，那本语文试卷，我又做不满一千个字。"

乙："得了吧！你的成绩，谁都知道一向是很好的，不要这样'草木皆兵'地空着急了。"

二、叙述

松寿里自从出了三次抢案，住民都恐慌极了。

前天晚上，有一辆人力车拉过，忽然砰的一声，那车胎便爆裂了。这时，街上恰巧有几个人走过，他们听到了砰的一声，以为是谁在开枪。于是，大家便"捉强盗，捉强盗"地喊了起来。

一霎时，整个松寿里的空气，便非常紧张：家家都把大门关闭得铁桶似的，连亲友们去访问，也不敢开门，真有"草木皆兵"的景象了。

草 木 皆 兵

画龙点睛

(出《水衡记》)

【故事】

　　南北朝时候，金陵①地方，有一所安乐寺，因为建筑很宏大，所以凡是到金陵去的人，都要到那里去游览一番。

　　有一天，寺里来了一个游客，名字叫作张僧繇②，是一个有名的画家。他在寺里玩了一周，觉得这地方真是清静极了，便和方丈③商量，打算暂时寄宿在寺里，以便静心研究绘画。自然，方丈是十分欢迎，满口答应了他。

　　僧繇在寺里接连住了好几天，很觉舒适，只是佛寺中到底萧条冷落，渐渐地倒有些寂寞起来。他一时没法可以消遣，便提着一支大笔，蘸了些浓墨，在大殿中的粉壁上，画了四条墨龙。——这四条龙，画得都是张牙舞爪，好像在那里飞翔盘旋似的。

　　许多游客们到这寺里来游玩，看见这画儿，谁都称赞他画得惟妙惟肖，没有一个不佩服这位大画家的。

　　其中有一个游客，非常仔细，因此，当他走近墙边赏玩了一番以后，便看出一个缺点来了。他说："张先生是个有名的画家，怎么画的画儿，却这样没有交代，连龙的眼睛也没有点！"

经他这样一说，果然许多人都被他提醒了，大家都附和着，哄笑道："这位大画家真粗心啊！"

这时，那老方丈正在禅房里念经，忽然听见外面议论纷纷，连忙丢下了经卷，赶到大殿上来探听。

哪知方丈听到了他们这种批评，却竭力替僧繇辩护道："张先生的画儿，向来闻名，现在他不点龙睛，当然有别的缘故。诸君如果有所疑惑，我倒可以去请他出来，解释一个明白。"

众人听说，都很赞成，便托方丈去请他出来。不多时，僧繇果然来了，众人向他问道："张先生，你画了这四条活泼泼的墨龙，为什么不点眼睛？难道是一时大意，竟忘记了吗？"

僧繇笑嘻嘻地答道："哪里会忘记！只因这四条龙，是万不能点眼睛的，要是硬把它点上了，它就会兴云作雨，破壁飞去呢！"

众人都很不相信地笑道："张先生，你不要当我们是小孩子，随意哄骗我们啊！——谁也没有瞧见过，画着的东西，会飞了去的。"

僧繇虽然和他们辩论了好些时候，无奈众人不肯相信。僧繇只得对众人说道："诸位既不相信，就让我来把眼睛点上吧。可是，如果闹出什么乱子来，我是不负责任的呀！"

众人都冷笑道："只要龙是真的会飞，就是闹出什么乱子来，我们都情愿承当。"

僧繇一边说声："很好！"一边早已提起笔来，蘸饱了墨水，轻轻地向一条龙眼睛上点了一下。众人瞧着那条龙，一点儿也没有变化，正在暗暗好笑，僧繇却已经把第二条龙的眼睛点好了。

他刚要去点第三条龙的眼睛，不料天空里的太阳，忽然被一片乌云遮蔽了。一霎时，吹起一阵狂风，更加上雷声隆隆，电光闪闪，哗啦哗啦的暴雨，竟像倾盆似的下来了。那座建造得十分

画龙点睛

坚固的大殿，也叽咯叽咯地响了起来，仿佛快要坍下一般。

这一来，众人竟吓得不再说什么了，直等到风停雨止，雷息电消，有几个胆子大些的，才敢走到墙边去瞧一个仔细。谁知那留在墙上的，只有两条没有点眼睛的龙，而那两条点了眼睛的，真的早已飞得不知去向了。

【故事注解】

① 金陵——就是南京。

② 张僧繇（yáo）——张僧繇是南北朝时梁画家，吴人。官至右军将军，吴兴太守。

③ 方丈——就是僧寺里的住持。

【成语释义】

比方：把最主要的一点指明出来。

【用法举例】

一、对话

甲："大哥，刚才隔壁那个赌徒，和你谈了大半天，到底是什么事情啊？"

乙："谁知道他呢，我觉得他所说的，都是与我毫不相干的废话！"

甲："但是，我在他的语气中推测起来，仿佛是含着要向你借钱的意思呢！"

乙："对啦，你这句话真可谓'画龙点睛'了！"

中华成语故事

二、叙述

珊儿做了一篇《提倡国货论》，其中有几句说："……提倡国货，根本的办法，不在抵制劣货，却在努力制造或改良国货。——原来劣货只要有了代替的国货，那么，国人绝不至再去使用劣货了……"

这一段说得十分确切，可算是"画龙点睛"的写法。

画龙点睛

班门弄斧

（出梅之焕诗）

【故事】

战国时候，鲁国有一个工匠，名字叫作公输班①，所以，也有人便称他为鲁班了。

鲁班的手艺，真是巧妙极了：他常常利用了竹头木屑，创作种种有机关的器具。而艺术的高明，制作的玲珑，足以使得人人景仰，个个信服的。无论什么东西，无论什么形体，在人家以为不好做，或是不能做，万万做不成功的，可是，一到了他手里，却总觉得轻而易举，一点儿没有什么困难。

他曾仿效着许多活的动物，做过好几件玩具，虽然他所用的工具，和别人一样是些斧、锯、钻、凿之类，但是，他的作品却都是惟妙惟肖、神气活现的：要它动也好，静也好，高飞也可以，远跳也能够。因此，远近闻名，就是小孩子也知道他是一个巧妙的工匠。

过了不多时，鲁班又削竹劈木，制造了一只鸢②儿，首尾完备，羽翼俱全，形状毕肖，身体活动竟和真的一般。后来拿它放到空中去，立刻就翱翔上下，往来盘旋，不知道的人，竟辨别不出真假来。

这鸢儿一直飞了上去，经过了三天还不下来，凡是看到的人，谁都将他当作神仙一般看待。而那些平常的匠人们，更是不敢在他面前夸炫自己的技艺了。

这样经过了许多年代，有一次，有一个名叫梅之焕③的诗人，偶然走过唐代大诗人李白④的坟前，只见那石碑上，题了不少的诗篇。他细细地读了几遍，觉得其中有一大半儿，却是拙劣得很可笑的，他痛恨那些文人太不自量力了，便也提笔题了一首嘲笑他们的诗道：

> "采石江⑤边一堆土，
> 李白之名高千古。
> 来来往往一首诗，
> 鲁班门前弄大斧！"

原来李白是不可多得的大诗人，犹如工匠之中不可多得的鲁班一样。现在，那些平常的文人，竟敢在大诗人坟前题诗，不是和那些平常的工匠们，拿了斧头到鲁班门前去卖弄自己的技艺一样吗？

班门弄斧

【故事注解】

① 公输班——鲁国的巧匠，也称公输子，名班（也可写作般或盘）。有人说是鲁昭公的儿子。

② 鸢（yuān）——老鹰。

③ 梅之焕——明朝人，字彬父，号长公。十四岁时便做诸生，万

历时，中进士。后来巡抚甘肃，几次打退清兵，很有战功。

④ 李白——唐朝的大诗人，字太白。自称祖籍陇西成纪（今甘肃静宁西南），幼时随父迁居绵州昌隆（今四川江油）的青莲乡，号青莲居士。他所作的诗，高妙清逸，和杜甫并称为李杜。死后，初葬采石，后来迁葬青山。

⑤ 采石江——在今安徽当涂县。

【成语释义】

不自量力。

【用法举例】

一、对话

甲："听说，老先生对于围棋，是很有心得的！"

乙："哪里，哪里！"

甲："这几天，和本地的几个著名围棋家较量过吗？"

乙："没有！——可是，我知道，老兄的围棋也很高明啊，什么时候可以领教领教？"

甲："笑话，笑话，国手在前，我哪里敢'班门弄斧'！"

二、叙述

新从上海回来的陆佑之，仅仅学得几句起码的英语，便目空一切地在乡间骄傲起来了。

有一次，在一个宴会中，佑之瞧见座中有一个老人，觉得他乡气十足，便十分地轻视他，打算用几句英语来揶揄他一回，以便卖弄自己的才学。

其实，这老人是二十年前的英国留学生，英语说得流利极了。

所以，听到了佑之的揶揄，当即用了纯粹的英语，狠狠地教训了他一番。

陆佑之这才懊悔，不应该"班门弄斧"，自讨没趣。

班门弄斧

守株待兔

（出《韩非子》）

【故事】

宋国①有一个农夫，他耕种田地，本来是很勤恳的。每天早晨，天空刚刚发白，他就背着锄头，出门去工作了。他天天如此，从来也没间断过，所以每年到了秋天，便可以得到很丰富的收获。

有一天，他正照常背了锄头，到田里去做工的时候，走在路上，忽然看见一只兔子，在他前面跑着。他虽然觉得这兔子很可爱，但是，谁都知道，兔子奔跑起来，是非常迅速的，谁也不能赶得上它。因此，农夫只在心里羡慕着，却也不敢妄想去捉住它。

不料，那兔子跑了不多远，不知怎样一不小心，它的头颅突然触在一株大树的根上了。顿时折断了头颈，在地上跳了几下，便不动了。

农夫走到树边，细细地观察了一会儿，知道这兔子已经死了，他便毫不费力地顺手拾了起来，拿到市上去卖，竟卖了许多的钱。

农夫回到家里，真是快活极了，他暗暗地想："一只兔子，便能卖得这么多钱，如果每天能够得到一只，不是每天都有这么多钱到手了吗？像我这样简单的生活，每天只要用去十分之三，便

156

足够开销了，其余剩下来的十分之七，天天把它储蓄起来，从此一月一年地过下去，十年以后，当然可以变成一个富翁了。而且不用耗本钱，又不必使用劳力，那真要比种田安逸而且有希望得多了。……要是，有时运气好些，也许能得到两只、三只，那更是……"这样胡思乱想的，心里好不欢喜。自这天开始，他便把锄头抛弃，不愿再去种田了。

农夫把主意坚决地打定。春天到来了，他不去播种；夏天到来了，他也不去灌溉；到了秋天，自然没有一粒收获了。他每天只是坐在以前那只兔子触颈而死的树旁，专心等候再有兔子跑过来送死。

可是，他这样地等了许多年，终不见有第二只兔子跑来。他只是空守着，一无所获。眼看着田地渐渐荒芜了，家财渐渐用尽了，回想从前是何等的安适，现在是何等的贫困。这个蠢汉，便忧忧郁郁地死了。

守株待兔

【故事注解】

① 宋国——周朝国名，周微子所封地，在今河南商丘市。春秋时为十二诸侯之一，至战国为齐所灭，与楚、魏三分其地。

【成语释义】

形容不肯用心用力去做事，只是希求侥幸的人们的行为。

【用法举例】

一、对话

甲："近来见过赵先生吗？"

乙："天天见面的。"

甲："他的近况怎样?"

乙："很是要不得。"

甲："你们是好朋友,那么,你为什么不替他谋一个位置呢?"

乙："曾经给他介绍过好几处了,但是,他都嫌薪水少,不高兴干,所以一直赋闲在家中。"

乙："唉,照这样'守株待兔'似的守着,终究不是长久之计啊!"

二、叙述

今天下午,宜哉到我家里来,劝我到他父亲新创的公司中去办事,但是,我仍旧向他婉言谢绝了。不知道我的人,以为我"守株待兔",一定在希求什么更好的事。其实,下半年我还打算继续求学,此刻何必急急地去就职呢?

请君入瓮

（出《唐书》）

【故事】

唐朝武后①时候，有一个大臣名叫周兴②的，忽然被人在武后面前，控告他谋反。

武后便秘密下了一道谕旨，就叫周兴的同乡来俊臣③，将他拿获审问。

谕旨刚到来俊臣的衙署中，恰巧周兴和他同在宴饮。来俊臣默默地将谕旨读了一遍，便问周兴道："我今天要审问一件案子，但是，预料那犯人绝不肯承认的，不知道你可有什么好方法，能够使他真实地招供出来？"

周兴不假思索，当即答道："你只要施用一种极严厉的刑罚，他一定会招认的！"

来俊臣故意皱着眉头道："话虽如此，怎奈那些作恶的人，最会熬刑，无论什么刑罚都不怕，将怎样呢？"

周兴哈哈地笑道："你怎么这样笨！我知道，无论怎样会熬刑的人，只要拿一只大瓮④，将他装在瓮中，然后再在瓮外用烈火燃烧起来，使他痛苦得不能忍受，那时，他自然便会老实招供了！”

来俊臣点点头道："这法子真好！"

说着，便吩咐役吏们，赶紧预备一只大瓮，在瓮外如法用烈火燃烧了一会儿，然后将武后的谕旨，拿给周兴，让他自己去看。

周兴看完谕旨，当然是连声喊叫冤枉。

来俊臣却似乎很抱歉地说道："但是，朋友，现在是没有法子的了，还是'请君入瓮'吧！"

立刻，有几个如狼似虎的役吏们跑过来，一把将周兴捉住，送进那个大瓮中去了。

后来，周兴终于因熬刑不过，只得从实招认了。

【故事注解】

① 武后——唐高宗后，姓武，名曌（zhào），并州文水（今山西文水东）人。最初，唐太宗选为才人，后来太宗死了，便削发为尼。到了高宗时候，重新蓄发入宫，不久，立为皇后。高宗死后，她便临朝听政，废中宗，自立为帝，改国号为周。晚年朝政紊乱，张柬之等便迫她禅位给中宗。死后谥为则天皇后。

② 周兴——万年人。武后时候，做尚书左丞的官职。

③ 来俊臣——也是万年人。武后时，做御史中丞的官职，专门仰承武后的意旨，处治告密的事务。因此，每每罗织成狱，冤枉杀死不少人。后来，他自己也终于被杀。

④ 瓮（wèng）——陶器，俗称罂，用来盛酒酱等物的。

【成语释义】

自己创出法子来，反而害了自己。和"作法自毙"的意思差不多。

【用法举例】

一、对话

甲："我们工厂里，本来定的章程是很好的——不论工人、职员，到了年底，都可以多拿一个月的工资。但是，今年却有许多拿不到了！"

乙："为什么呢？"

甲："那自然都是那考核科长查礼和定出来的苛例啊！因为，他要在厂主面前讨好，所以，便贡献了些意见，主张无论工人和职员，每年旷工在十天以上的，便要取消这份工资。你想，在这长长的一年中，有几个人能够没有十天以上的旷工呢？"

乙："哦，那么查礼和自己，总可以拿到这笔工资了吧！"

甲："不，他恰好在上个月生了十一天病，所以也拿不到了！"

乙："哈哈哈，这真叫作'请君入瓮'了！"

二、叙述

小朋友们组织的那个毽子比赛会，成绩真不错。其中尤其要算景秋英，踢得与众不同。不论顺踢、倒踢、飞脚踢、旋转踢……种种特别的踢法，没有一个人比得过他。因此，他便渐渐骄傲起来了。

上星期，他提议加入一条罚则，就是每次在比赛时，那比不过的人，应该要向得胜者长跪一小时。当时，他的好朋友吴文香，知道将来必有"请君入瓮"的一天的，所以竭力劝阻他，表示不

请君入瓮

161

赞成。但是，他哪里肯依呢！

　　果然，第二天秋英和王家的三宝第一次比赛，景秋英不知怎样一不小心，便输给他们了，他当真跪了一小时才罢！

摆空城计

（出《蜀志》）

【故事】

　　三国①时候，常常互相发生战争，其中尤以曹魏②和蜀汉③两国，打得最激烈。

　　有一次，蜀汉的军师诸葛亮④，正屯兵在阳平⑤，忽然，魏国派了大将司马懿⑥，带领了二十万大兵，浩浩荡荡地来征伐西蜀了。

　　诸葛亮听到了这个消息，便派了魏延⑦等一班将官，将所有的军队，一齐开了出去，预备和魏兵决一死战。却只留了些老弱残兵，守住西城⑧，而且人数也很有限。

　　哪知，魏延和司马懿的队伍，一来一往，不知怎样在中途错过了，两方竟一直没有遇着。因此，魏兵得以长驱直入，一径开到西城下面了。

　　诸葛亮正在城中，静候魏延的捷报，不料，忽然有一个探子，慌慌张张地跑进来报告道："不好了，不好了，司马懿的二十万大兵，快要到了。一路上，但见他们旌旗招展，人马纷纷，离这里已经没有几里路了。"

　　诸葛亮听说，虽然面不改色，可是，心里却也有些惊慌起来。

心想："这里不过是一座空城，要是魏兵真的攻打过来，如何得了呢？"至于他身边留着的几个属吏，更是彼此面面相觑，吓得几乎连话也说不出来。

在这千钧一发的时刻，幸亏诸葛亮一转念，立刻便想到了一个计策。于是，他急忙传令士兵们，赶紧将城上的旗帜完全收了下来；一面又将四城的城门大开，在各城门口，一齐派了几个老兵，叫他们慢慢地去洒扫街道，并且嘱咐大家，不许露出一点儿惊慌的态度来。

诸葛亮布置停当以后，便叫两个书童带了一张琴和酒器，一径跑到城楼上面，竟十分闲暇地饮酒弹琴，仿佛不知道司马懿已经到来的神气。

魏兵的先锋队⑨，到了西城下面，眼看着这种情形，倒觉得有些惊诧起来了。因为，大家都知道，诸葛亮一生持重，决不肯轻举妄动的。现在既然这样大意，城内一定藏着伏兵。先锋队为了这个缘故，便迟疑不决的，不敢直闯进去，急忙将这情形，去报告给司马懿知道。

司马懿只得暂时止住三军前进，自己却飞马赶到西城，仔仔细细地观察了一会儿。果然，一切情形，都和他们来报告的一模一样。

诸葛亮看见司马懿来了，却故意装得很镇静地道："司马将军，难得，难得，怎么你竟一声不响地跑来了？现在，我这里正开了城门在欢迎你呢！我们这座城里，的确没有一个埋伏的士兵，请你放大了胆子，到这城楼上来坐一下吧！一则，可以听我抚一回琴；二则，我们也可以畅畅快快地谈谈心。我这里虽然没有什么珍贵的东西，但是，我早已预备了些羊羔美酒，勉强总还可以给你的三军作犒赏吧！"

司马懿听他说得这样委婉，而且还含着些似嘲似讽的口气，不由得更加疑心他城内藏有伏兵了。便对着诸葛亮大声地喝道："哼，你这个刁猾的诸葛亮，别人也许会上你的当，我司马懿却已识破了你的诡计了！"

说着，司马懿掉转马头就跑，并且，立刻传下命令，将前军改为后军，后军改为前军，大家一齐退回去了。

诸葛亮看见魏兵退得远了，便从城楼上走了下来，拍手大笑道："哈哈，我只不过随随便便地摆了一个空城计，却将这浩浩荡荡的二十万兵吓退了，真侥幸啊！"

【故事注解】

① 三国——汉以后，魏、蜀、吴分立，号为三国。

② 曹魏——后汉时，曹操为魏王。后来，曹操的儿子曹丕篡汉，国号魏，建都于洛阳（今河南洛阳），自称魏文帝，并且追尊曹操为魏武帝。拥有今河南、河北、山东、山西、甘肃、陕西中部、湖北、江苏、安徽北部、辽宁中部西部和朝鲜西北部的地方，共传五主，凡四十六年，禅于晋。

③ 蜀汉——三国时，曹丕篡汉，刘备以汉朝宗室的名义，称帝于蜀（今四川省），继承汉统，历史上称为蜀汉。建都于成都，拥有今四川、云南、贵州北部、陕西汉中一带地方。传二主，凡四十三年，被魏所灭。

④ 诸葛亮——三国琅邪阳都（今山东沂南南部）人，字孔明。起先隐居隆中，刘备曾去请了他三次，才出来帮助刘备。刘备即位后，用他为丞相。刘备死后，受遗诏辅政，封武乡侯。和曹魏攻战数年，死于军中，谥忠武。

⑤ 阳平——就是阳平关。在今陕西宁强西北。

⑥ 司马懿（yì）——三国魏温县人，字仲达。曹操时，为太子中

庶子，因为善于谋划，为太子所信任。魏文帝即位后，屡次出师和蜀对抗，很有功绩。后来，他的孙子司马炎代魏，追尊他为宣帝。

⑦ 魏延——字文长，蜀义阳人，官至征西大将军。

⑧ 西城——县名，在今陕西安康市西北。

⑨ 先锋队——战争时，首先迎敌的队伍。

【成语释义】

虚张声势，吓倒别人。

【用法举例】

一、对话

甲："请你在我公司里，投些股本好不好？"

乙："你们公司里的情况，我一点儿也不知道，还是慢点儿再说吧！"

甲："这是可以请你放心的！我们公司的股本一共四百万，现在已经收足三百五十万了。"

乙："好啦，好啦，你不要再'摆空城计'了！——我昨天听到吉人说，你们公司里，连上个月的房租都付不出呢！"

二、叙述

万竹心本是这村里的一个无赖，三年前，他因为在故乡站不住脚，便跑到了上海。

今天，他回来了，居然大摇大摆的，并且在名片上印了许多官衔，直向我们村中绅士家里乱闯。其实，有见识的人，谁都知道他又在"摆空城计"了。

指鹿为马

（出《史记》）

【故事】

秦始皇统一中国，做了几年皇帝，百姓们虽怨声载道，但是，他自己却以为百姓都被他征服了，天下已经十分太平，便想亲自去巡游各地，使远方的百姓瞻仰瞻仰他的威风，从此可以格外地怕他。

这次陪他出去的重要人物，除了李斯①、赵高②一班人以外，还有他所最宠爱的儿子胡亥③。

他们从咸阳④出发，一路浩浩荡荡的，直跑到会稽山上⑤，祭过了大禹⑥的陵墓，才回转来。不料，刚到平原津⑦，始皇生起病来了。始皇的生性，平常最不愿意听人家说"死"，因此，跟着他的人，没有一个敢问到他身后的事。后来，他的病势一天一天地沉重起来，才写了一张遗嘱给公子扶苏⑧，当即交给赵高去加盖印玺。可是，这封遗嘱还没有送出，始皇已经在沙丘⑨死了。

丞相李斯，因为始皇死在外边，恐怕这消息骤然被诸公子和反对派知道了，或许会闹出什么变乱来，因此，便和胡亥和赵高商量，暂时将这事守着秘密，并不发丧，只把始皇的尸体，用一辆辒凉车⑩载着，仍旧像平常一样地向前进行。经过各处地方，也和来时一样地接受地方的奏事。不但外面没有一个人知道这件事，就是跟随着的人，也只有五六个亲信的宦官知道。

赵高是曾经教过胡亥读书的，所以和胡亥的关系，比起诸公子要密切些。到了这时候，他便和胡亥、李斯暗暗地商量，竟将始皇给扶苏的遗嘱毁掉了，预备回到咸阳以后，诈称李斯曾受始皇的遗诏，立胡亥为太子，并且又假造了一张遗嘱，列举扶苏的罪状，叫他赶快自杀。

这时，正是春夏天气，辒凉车走了几天，始皇的尸体已经发出臭气。赵高又设法找了一条鲍鱼来，挂在车外，使人嗅到了臭气，以为是从那鲍鱼身上发出来的。

一直到了咸阳，趁大家不及防备，他才宣布了这个秘密，于是，胡亥便安安稳稳地袭了帝位，称为二世⑪皇帝。

赵高对于这次的阴谋，很有功劳，胡亥便升了他的官职。过了几天，又和赵高密谋道："现在我虽做了皇帝，但是大臣们都不服我，诸公子也有想和我争夺帝位的，这应该怎样才是呢？"

赵高道："这话我早想说了，只是不敢说出口来罢了！——原来先帝时候用下来的大臣们，大都是有过功劳的，所以，他们都非常骄傲，谁也看不起陛下。就是我，虽然蒙陛下抬举，将我拔升高位，但是，他们也是没有一个甘心的。要是长久这样下去，还成什么体统！依小臣愚见，陛下还是及早设法，使出些手段来给他们瞧瞧才是啊！"

胡亥听说，连连点头道："不错！不错！"自此，他果真便放出手段来，任意杀戮大臣和诸公子，凡是始皇的旧人，一个个都给排除了。

赵高深得胡亥信任，立刻便做了丞相。他的权柄既一天一天

中华成语故事

地大起来，便肆无忌惮地又想推翻胡亥，攫夺帝位。只是，他自己却还没有把握，到底那些大臣们有几个是拥护他的。因此，他便想了一个法子，先来测验一下。

有一天，赵高叫人牵了一只鹿，去献给胡亥，并且故意声明道："这是一匹马，你看它的毛色多么美丽啊！"

胡亥不觉笑起来道："丞相，你说错了，怎么可以'指鹿为马'呢？"

赵高却仍是神色不变地道："谁说是鹿，这的确是一匹马啊！"

胡亥始终不能相信，便又问左右的大臣们道："你们看，这到底是鹿呢，还是马？"

有的大臣们，非常诡谲，听着这话，便不敢开口；有的要依顺赵高，便说是马；只有不怕赵高威势，忠心正直的人，才直说是鹿。

赵高暗暗地将说鹿的人的姓名记住了，等到回去的时候，便将他们一个个捉来杀死了。自此以后，再没有人敢反对他，他的威势便更加大了。

【故事注解】

① 李斯——秦始皇的丞相，本是楚国上蔡人。始皇既定天下，李斯便定郡县制，下禁书令，变籀文为小篆，作《仓颉篇》。二世时，赵高诬陷他的儿子通盗，便在咸阳市上被腰斩而死。

② 赵高——本是始皇宫里的太监。二世时，做丞相。后来又杀二世，立子婴。终于被子婴所杀。

③ 胡亥（hài）——始皇的少子。

④ 咸阳——秦朝的国都，在今陕西咸阳市东北。

⑤ 会稽（kuài jī）——山名，就是古防山，又名栋山，在今浙江绍兴。

⑥ 大禹——姓姒，受舜禅，为夏朝开国之君。治平洪水，很有功绩。

⑦ 平原津——在今山东平原县。

⑧ 扶苏——秦始皇的长子。

⑨ 沙丘——在今河北广宗县北。

⑩ 辒凉（wēn liáng）车——本是一种卧车，后来因为常常做丧车用，所以就将丧车名为辒凉了，也可写作辒辌。

⑪ 二世——秦朝的制度：自始皇以后的皇帝，拟称二世、三世……想从此千世万世，传一个不休。

【成语释义】

颠倒是非。

【用法举例】

一、对话

甲："咦，你的这只金表是几时买的？"

乙："上星期！"

甲："花了多少钱？"

乙："一百多块。"

甲："看这形式，倒和我从前失去的那只，十分相像呢！"

乙："好吧，你不要'指鹿为马'了。你再仔细地瞧一瞧，到底你的是什么牌子，我的是什么牌子！"

二、叙述

　　这是叔群的老脾气：他总不肯把事实分别清楚，便胡说乱道起来。

　　譬如昨天的事，明明是许明甫喝醉了酒，在街上打人，他今天却去报告校长，硬说是计亮臣。后来，虽然有人出来证明他的错误，但是，亮臣已经无辜地受了一次训责了。他常常这样"指鹿为马"的，同学们自然谁都要怨恨他了。

指鹿为马

伯道之忧

（出《晋书》）

【故事】

我国自秦汉以来，常常有别的民族，和汉族①争战。

到了晋朝时候，他们又和汉族发生了很激烈的竞争，像匈奴②族的刘渊③等，在中国北部，建立起一个政权来，和晋朝对抗。其余还有羯④、鲜卑⑤、氐⑥、羌⑦等族，也同时在中国北部建立政权，搅得全中国都不得安宁，历史上就称为"五胡乱华"。

现在，单讲这五胡中的羯族。当初，他们本来是住在上党、武乡⑧的。到了晋惠帝时候，因为郑州闹了大饥荒，人民痛苦万分，羯族的首领石勒⑨便趁这机会，带领了他们同族的人，东抢西劫地做起强盗来了。后来，刘渊在左国城自称汉帝，石勒又恰巧在这时候被晋军打败，因此，他便去投降刘渊，帮助他作乱。

从这时开始，石勒便带兵攻打山东，一直打到南方的江汉间。凡是他所经过的地方，便施行杀戮焚掠，人民流离失所，但听得一片哭声，震动四野。这真是一幕极悲哀的惨劫。

这时候，泗水⑩这个地方，有一个名叫邓伯道⑪的人，他本来安安逸逸地住在家乡，和家人们团聚着，非常快乐地过着生活。

谁料到忽然传来一个坏消息：那石勒竟打到泗水来了。

立刻，泗水地方的人，都吓得胆战心惊，知道是大祸快要临头了。因此，不论大家小户，便一齐将家里的东西收拾了一下，预备逃到别的地方去避难。

伯道的家里，好在并没有什么贵重的东西，他和他的妻，只将日常所穿的衣服理了几件出来，手忙脚乱地打了一个包裹，就想离家逃跑了。

伯道叫他的妻背了包裹和干粮，自己便左手挈了他的独生子，右手搀了他的侄儿邓绥，四个人凄凄惶惶地出了家门，一直向前逃去。

这两个孩子，到底因为年纪太小了，走不上几里路，早已是精疲力尽，哭哭啼啼的，再也移动不得一步了；加之石勒的人马，正在后面奔驰追赶，形势又是十分地危急。伯道左思右想，实在是想不出一个好方法来处置这件事。幸喜，和他们一块儿逃难的人，恰好多了一副空的担子，伯道便向他借了来，将这两个孩子，一前一后地装在这副担子里，挑着再向前跑。

伯道本是一个文人，空身接连跑了好几里路，已经觉得有些难以支持了。现在又加了这副沉重的担子，更是踉踉跄跄地提不起脚步来了。再听听后面的兵马声，却又是愈逼愈近了，伯道暗想：要是再不快逃，怎能脱离这个危险？

走呀，走呀，渐渐地走到一株大树边了。伯道的两个肩膀，被这担子压得疼痛异常，差不多连他自己都要跌倒了，因此，他只得将担子放了下来，将这情形告诉了他的妻，打算商量一下补救的办法出来。

他的妻，是一个怯弱的妇人，不必说，哪里挑得动这两个孩子。要是大家守在一处，不向前走，那当然又是同归于尽的办法，于事实上是毫无益处的。他们商量了好一会儿，始终没有一个解决的办法。

一霎时，后面马嘶人嚷，扰乱得益发厉害了。最后，伯道才瞒过了自己的儿子，悄悄地向他的妻道："依我的意思，不如将我们的儿子抛弃了吧！——这样，才可以减轻负担，不至连累大家啊！"

他的妻不赞成道："我们带了两个孩子出来，为什么要抛弃我们自己的孩子呢？"

伯道说："我的弟弟，已经死了好几年了，他所遗留下来的，就只有这个孩子，我们难道可以在这患难的时候，任意将他抛弃吗？至于我们自己的儿子，我们虽然都十分地疼爱他，不忍和他分离，但是，一个人总不能只顾自己，不顾别人的，况且，我们都还年轻，抛弃了一个儿子，将来自然还有生育的希望。我想，两相比较，这办法似乎要妥当些，请你也不必疑虑了吧！"

他的妻，倒也是深明大义的，一时心里虽然悲切，却也不再反对了。

伯道便将两个孩子，从担子里抱了出来，随手又将自己的儿子抛在路旁，急急地带了邓绥和他的妻便跑。

他的儿子，哪里肯独自留着，便一面大哭大嚷，一面跌跌扑扑地在后面追赶。伯道看到这种情形，不知不觉地陪着他的妻，也流了两滴眼泪出来。

他想："在这个当儿，万不能凭着感情行事的了，要不放出些坚决的手段来，也许便会误了大事！"

他想着，便解下了一根束腰的带子来，将他儿子抱起来，紧紧地缚在那株大树干上了。

伯道和他的妻，一边呜咽着，一边对他的儿子道："儿呀，我们并不是忍心，实在是无可奈何，才这样做的啊！只要有人能够援救你，以后我们或许还有聚会的机会，你不必悲伤吧！好了，我们就此分别了。"

他们抱了邓绥急急地前进，才避过了石勒的追兵。

后来，伯道一直做到吏部尚书的官，却终于没有遇到他的儿子，也没有生育第二个儿子，从此便绝了后嗣。

【故事注解】

① 汉族——民族名。自黄帝以来，为主有中国的一种民族。

② 匈奴——北方民族名，秦汉时最盛，统辖大漠南北广大地区。后来分为南北两支，北匈奴为汉朝窦宪所破，便逃到西方，就是西洋史中中古之初的一种匈族。南匈奴投降汉朝，杂居在现在山西省的北部，经过魏，到了晋朝初年，势力渐大，有一个名叫刘渊的匈奴人，首先崛起，为五胡乱华的首领。

③ 刘渊——五胡前汉的首领，匈奴族。南匈奴自投降汉朝后，便用汉姓，所以也改姓刘氏。到了晋惠帝时，恰巧有八王的作乱，渊便在左国城（今山西吕梁市离石区东北）自立为大单于，称汉王，过了五年，又自称皇帝，迁都平阳。

④ 羯（jié）——匈奴的别部。晋朝时候，住在羯室地方，所以就称为羯。

⑤ 鲜卑——民族名。居住在大鲜卑山，后即以鲜卑为号。后汉末最盛，晋初分数部，以慕容、拓跋二氏为最著名。

⑥ 氐（dī）——西北民族名。

⑦ 羌（qiāng）——也是西北民族名。

⑧ 上党、武乡——上党在今山西长治市，武乡即今山西武乡县。

⑨ 石勒——五胡后赵之王，羯族，在十六国中最为强盛。凡冀、并、幽、司（司隶）、豫、兖、青、徐、雍、秦十州的地方，

都为他所有。

⑩ 泗水——今山东泗水县。

⑪ 邓伯道——名攸，晋邓殷的孙子，襄陵人。

【成语释义】

比喻：没有后嗣。

【用法举例】

一、对话

甲："昨天遇到令亲汪老先生，我觉得他那诚恳的态度，真是再好也没有的了。只是，像他那么大的年纪，怎么还要跑这样远的路，到此地来赚这五六十块钱一月的薪水呢？"

乙："那还用说，自然因为没有一个人能够帮他赚钱的缘故。"

甲："怎么，他的公子们，难道都不出来做事吗？"

乙："唉，他哪里有什么公子，也许永远要抱着'伯道之忧'了！"

二、叙述

世界上最想不通的人，就要算陆镜秋了。你看他，天天跑来跑去的，在忙着求神拜佛，只想生一个儿子。

其实，儿子长大了如果能够争气，做父亲的当然很有面子。否则，就是辛辛苦苦地将他养大了，还要受他的闲气呢！所以，明白的人，宁愿终生抱着"伯道之忧"的。

中华成语故事

杞人忧天

（出《列子》）

【故事】

　　从前，杞国①有一个人，因为他的神经过于敏感了，所以，无论什么事，常常容易引起他的疑虑。

　　他每天自早晨起身，便开始将一件件的事，左思右想地猜疑起来了。有时，他穿着一件新衣，便想："这件衣服，现在虽然是新做的，但是，不久一定要穿破了。到了穿破的时候，要是布店里的布和绸缎店里的绸缎，一概都卖光了，那叫我用什么东西来做衣服呢？没有材料做衣服，更叫我穿什么东西呢？唉，到了那时，一定是要受冻的了，这怎么好呢，怎么好呢？"

　　有时，他吃着一碗饭，便想："农夫们种田，到底是太辛苦了，所以，有些人便已改变了他们的职业。要是，将来一个个人都不愿做农夫了，那么，我们还从哪里去得到米吃呢？唉，这又怎么好呢？"

　　那杞人为了这个缘故，不知道害他产生了多少无谓的烦恼。因此，他平时总是忧忧愁愁地皱着眉头，从没有露出一丝笑容过。

　　有一天，他觉得在家里住得太不快乐了，便打算到郊外去走

177

走，以便欣赏欣赏那美丽的风景，暂时排除些烦闷。哪知，当他刚走出大门，就望见天空中有几堆乌云，远远地正向着他的头顶推送过来，看那样子，仿佛是非常地沉重，十分地可怕。他想："天上的云，这样地推动着，真是危险极了！要是，有一天动得太厉害，竟将整个的天都倒了下来，那时，我们的身体，不是都要被压坏了吗？唉，这真是太凄惨了，我的父母妻子，一定就要同归于尽了，叫我怎么办才是呢！"

他这样忧虑着，立刻便吓得目瞪口呆，再也没心思出门去。回到家里，只是长吁短叹的，连饭也不想吃了。

这时候，恰巧他的一个朋友，到他家里来瞧他，看到他这种情形，便问他原因。

他说："你还是早些回去吧！天是快要塌下来了，你如果不快走，也许再不能和你的家人们见面了。"

那朋友听说，不觉哈哈地大笑道："你未免太多心了，要知道，天②是空气积成的，空气到处都有，哪里会塌下来？即使塌了下来，你想，怎么能够压死人？好吧，你还是宽心些，快快活活地过你的生活吧！"

可是，杞人却仍旧有些不相信，终于还是皱着他的眉头，闷闷不乐。

【故事注解】

① 杞（qǐ）国——周武王封夏后东楼公在杞的地方，叫作杞国，后来被楚国所灭，就是现在河南的杞县。

② 天——许多星球罗列着的空间，除了星球和空气以外，并没有什么东西。人因为在地球上，看起来好像是一个包围四周的大圆体，其实，地球也不过是运行天空的一个星球。

【成语释义】

比方：无益的忧虑。

【用法举例】

一、对话

甲：“芷倍，三民医院在哪里，你知道不知道？”

乙：“你问它干什么？”

甲：“我想去看病。”

乙：“啊，你这样好好的，患了什么病呢？”

甲：“因为，我身上长了红斑，怕是传染了猩红热吧！”

乙：“你的身体觉得怎样？发烧吗？喉咙痛不痛？”

甲：“不发烧，喉咙也不痛，总之，身体上是一点儿也没有痛苦！”

乙：“哈哈，你不要‘杞人忧天’了。你想，如果传染了猩红热，还能这样太平吗？”

二、叙述

吴品天平生没有乘过火车，而且，一见了火车，便远远地避开了。他的理由是：他的父亲是从火车上跌下来辗死的；他的哥哥因为患了病去乘火车，终于在半路上断了气。所以，他有时要到别的地方去，如果没有别的代步工具，宁可牺牲两条腿，慢慢地走了去。难怪，人家要说他是“杞人忧天”了。

水中捞月

（谚语）

【故事】

有两个傻子①，一个叫大傻，一个叫二傻。他们都是不识不知，愚笨得像木头人一样的。

他俩读了几年书，依然一个字也不认得。他俩的父母知道没有希望了，便把大傻送到一家饼店里去当学徒，二傻送到一家饭馆里去做小伙计。

大傻进了饼店，什么也不懂，如果要他烘制大饼，或是应付顾客，当然是干不了的。所以，老板②就派他整天坐在门口，看守那些新烘出来的大饼。

二傻在饭馆里，也是和大傻一样，只能担任些洗碗、抹桌子的事务罢了。

哪知大傻在饼店门口，坐不到两三点钟，他便伏在那饼桌上，呼呼地睡熟了。后来还是被一个顾客喊了一声，他才一觉醒来，可是，那些大饼，却早已被人偷得干干净净了，他一时惶急万分，便大声地哭嚷起来。

饼店老板听到他的哭声，忙从里边赶了出来，等到问清了原因，真把他气得脸儿都泛白了。停了一会，才恶狠狠地对大傻说道："这许多大饼，便是我的家产，你既然有本领将它丢掉了，现在就责成你去找回来。否则，你便该准备一身皮肉，偿还我的损失！"说着，便将大傻一把推出门外，逼迫他赶紧去找寻。

大傻不住地啼哭着，凄凄凉凉地离开了饼店，自己也不明白应该向哪里找去，他只是沿着大街，一直向前走去。

走了半天，不知不觉地已经到了野外，他正在彷徨③四顾，不料一瞥眼④间，恰巧瞧见他的前面，也有一个孩子在啼哭。他仔细地打量了一会儿，便认清那孩子，就是他的弟弟二傻。

大傻不敢怠慢，急忙赶上前去，把自己的情况告诉他，并且问他，有没有瞧见他所丢失的大饼。

二傻不等他说完，早就哭丧着脸道："你还要问我大饼，我也要问你一声，可曾看见我的瓷盘吗？"

大傻听不懂二傻的话，不觉怔了一怔道："你哪里有什么瓷盘，谁又知道你放在哪里？"

二傻道："今天早晨，我在河边洗碗盘，不知怎的，忽然丢失了一只瓷盘，所以饭馆主人逼着我，硬要我出来找寻啊！"

他俩互相诉说了一会，便约定一直再向前走，同去找寻各人所失去的东西。

渐渐地，天色已经黑下来了，一轮皎洁的明月，高高地挂在空中。当他俩走到一条小河旁边时，恰巧瞧见那个月亮，倒映在水面上，圆溜溜的显得非常可爱。

大傻首先喊起来道："啊，我的大饼在这里了！"

二傻也惊喜地道："不，这是我的瓷盘呢，我们赶快去找根树枝，将它捞⑤上来吧！"

他俩一边说着，一边果真找了两根树枝，同时伸到河中，很努力地想把那月亮捞起来，但是，那平静的水面，被他俩一阵搅扰，立刻激起了一片波纹，那月亮也就模糊了。

大傻失声叫道："啊呀，我的大饼又逃跑了！"

二傻也说："唉，这怎么好，我的瓷盘也打碎了！"

幸喜，一霎时，那水面又平静了，月亮也重新出现了。于是，他俩又乐得手舞足蹈，忙拿起树枝，继续向水中去打捞。

这时候，有一个农夫，正从对岸走过，瞥见他俩这种举动，便笑着向他们道："这是一个月亮啊，哪里是大饼和瓷盘，你们捞它干什么呢？"

大傻和二傻，只向那农夫望了一眼，并不去理睬⑥他，一面却自言自语地道："不管它是不是大饼，不管它是不是瓷盘，反正总是一件可爱的东西，我们将它捞起来玩玩不好吗？"

因此，他俩依旧振作精神，自管自地捞着，捞着，一直到第二天早晨，月亮已经隐没了，他俩才很失望地哭着回去了。

【故事注解】

① 傻——不懂事的意思。傻子，就是笨人。

② 老板——就是店主。

③ 彷徨（páng huáng）——是来来去去地走着，心思很不定的神气。

④ 瞥——偶然看见，叫作瞥眼瞧见。

⑤ 捞——从水里取东西。

⑥ 睬——不睬，就是不去理会。

【成语释义】

比方：妄想去做没有把握的事。

【**用法举例**】

一、对话

甲："李先生，拜托你的事，可有了眉目吗?"

乙："嗳，前天不是就和你说过了，我确实一点把握也没有啊!"

甲："李先生，谢谢你，无论如何，请你帮助我一下!"

乙："赵先生，老实告诉你，这简直是'水中捞月'，我哪里有能力帮助你呢?"

二、叙述

王三，是一个侥幸心很重的孩子。他自幼就不喜欢读书，却希望将来做一个有名的人物。

后来，王三渐渐地大起来了，他常常听见人家说："牛顿看见苹果掉下地来，便悟到地心中有吸引力，这是多么伟大的发明啊!"

他暗想："这有什么烦难呢，看我也来发明些东西出来吧!"于是，他便天天去坐在树林里，等待着，希望从树上掉下些什么东西，以便做出些伟大的发明来。

可是，一天天地过去了，他那种"水中捞月"的希望，却终于没有成功。

东施效颦

（出《庄子》）

【故事】

　　春秋时候，越国①的苎萝村②里，有一个姓施的卖柴人。他家里十分穷苦，但是，他有一个女儿，却长得俊俏极了：单讲她那娇嫩的脸蛋儿，就出落得比桃花还明艳；加上她那两条弯弯的眉毛，有如柳叶那么纤细；她那小小的嘴唇，有如樱桃那么鲜红；她那一双眼睛，有如秋水那么澄净……总之，她的身体上，没有一处不是美丽的。

　　因此，人家对于她的一举一动，也连带地觉得非常美观了。

　　这个卖柴人的家，一向是住在村的西面的，他的女儿，便被人家称为西施。

　　西施从小就得了一个心痛病。虽然经过几番的医治，却总是时发时愈，一直没有根本痊愈过。有一次，她正在若耶溪③中浣纱，不知怎样一来，她的旧病又复发了。一霎时，只觉心头如刀割一般难受，几乎站不稳了。她没法好想，只得提了那只浣纱的篮子，忙向岸边走了上来。

　　她昏昏沉沉地就在一株柳树干上靠住了，两只手紧紧地捧住了心儿；头儿低低地侧着；腰儿斜斜地弯着；两条眉毛更是微微地颦④着，越显得温柔袅娜了。

这时候，恰巧有几个村人走过，他们看到了这种神情，知道她的心痛病发作了，便连忙一同赶过去，将她救护到了家里。

他们出来的时候，便互相谈论道："我们以为西施平常的姿态，可算得美丽极了。哪知，今天看到她捧着心的神气，竟比平日增加了不少的美，这是什么缘故呢？"

另外的一个村人道："这是很容易看得出的。因为，她平日看见了人，总是有些羞答答的，还没有完全显出她本来的姿态来。今天，她是心痛得难以忍受了，所以，在这微微的一颦之间，便显出她的自然之美来了啊！"

村人们都以为这个看法很不错，于是，一传十，十传百，不到半天，全村都知道西施颦着眉的时候，要比平日美丽过几倍，从此以后，不论谁，都想瞧瞧她那颦着眉的姿态了。

在村的东面，也住着一个姓施的姑娘，人家就称她为东施。可是，她的容貌，却长得非常丑陋：她的脸上既布满了数不清的麻点，嘴唇又是缺的，眼睛是眇⑤的，头发是癞的，背是驼的，脚是跛的……种种怪形恶状，要是和西施比较起来，真是天差地远的了。

村人们因为东施长得太难看了，当她走近人家的时候，谁都远远地避开，不愿意向她瞧一瞧。有时，要是遇到了几个无聊的人，还会当着她的面，嘲笑她的丑陋呢！

东施并不明白自己的丑陋，所以，她对大家的嘲笑，总是想不出一个原因来。后来，西施颦眉的事，不知怎样，竟渐渐地传到了她的耳中了，她想："西施颦眉，既然会增加她的美，我要是学着她的样，照着做起来，难道不会同样地增加美丽吗？"

她想了一会儿，以为自己的这个主张很不错，不觉心花怒放地立刻也预备做美人了。于是，她便细细地模仿西施的举动：除了颦眉以外，更有捧心啊，低头啊，弯腰啊，竟没有一件不做到。而且，还故意摇摇摆摆地走到若耶溪边，给人家鉴赏，满心希望人家可以赞美她几句。

哪知，村人们看到了她的这种举动，不但没有人去赞美她，反而嘲笑得更厉害了。他们都说："东施在那里效颦了，这种做作出来的丑态，真要使人作呕呢！"

【故事注解】

① 越国——就是於越。夏少康之后，封于会稽。春秋时候，灭了吴国，占有今江苏、浙江和山东的一部分，都于绍兴，后来被楚国所灭。所以现在浙江的绍兴市，仍有人称为越。

② 苎萝（zhù luó）村——今浙江诸暨市南，有苎萝山（又名萝山），山下有村，就是苎萝村。

③ 若耶溪——因为西施曾在溪中浣纱，所以也叫浣纱溪，在今浙江诸暨市。

④ 颦（pín）——皱眉蹙额，叫作颦。

⑤ 眇（miǎo）——瞎了一只眼睛，叫作眇。

【成语释义】

譬喻：学得不像样。

【用法举例】

一、对话

甲："在醉吟居酒店的柜台上，矗着一块很大的招牌，为什么写着'刘李停车'四个字?"

乙："这是很有意思的。因为，从前有一个刘伶和一个李白，都是很爱喝酒的。这招牌的意思，就是说刘李二人到了此地，也要停下车来买酒喝了。"

甲："那么，他隔壁的那家汤圆店里，也写着这四个字做招牌，又有什么意思呢?"

乙："哦，那简直是'东施效颦'，还有什么意思可说呢!"

二、叙述

上流社会的外国人，都是很讲究礼貌的。所以他们在吃大餐的时候，也都是守着应有的规则，从来不会将刀叉之类，碰得那菜盆叮当地发响。

可是，那些不懂规矩的人却不然了。我们常常看到那些豪商大贾，请客虽然都喜欢用西餐，但是，许多人聚在一处，不只刀、叉、盆、杯互相碰击着，发出一种特别的声音来，就是那嘈杂的喧哗声，也足以使人产生不快之感。

唉，既然不懂得吃西餐的规则，何必一定要"东施效颦"呢?

破釜沉舟

（出《史记》）

【故事】

　　秦始皇①灭六国②，统一中国以后，便施行种种严刑苛法，暴虐人民；并且不顾民生，搜刮民财，筑起一座阿房宫来，供自己享乐。百姓们缺衣少食，困苦万状，他却毫不关心。因此，到了他的儿子二世③即位以后，人民就起来反抗了。

　　农民军最先起来的，是陈胜④和吴广⑤。起先，二世命陈胜、吴广，带领九百名囚犯，充军到渔阳⑥去，只限他们三天以内赶到。走到半路上，天忽然下雨了，因此不能前进。照例，误了期限，带领囚犯的人是应该斩首的，陈胜和吴广，自知难以分辩，便在陈⑦地斩木揭竿⑧而起。不到几天，各处痛恨秦朝的人，一起响应了。

　　楚人项羽⑨，一向跟他叔父项梁⑩在吴中⑪，他们便也趁这机会，率领了八千精兵，渡过长江向西，要打倒秦朝。

　　这时候，有个七十岁的老人，名字叫作范增⑫的，便来见项梁道："当初秦灭六国，其中以楚国最为无辜，所以自从楚怀王⑬被秦掳去以后，直到现在，谁都替他不平。现在，陈胜虽然首先起兵了，但是，他不立楚怀王的后裔，却自立为王，恐怕他的命运不会长久吧！——你起兵于江东，你知道为什么有许多楚国的旧将，都来附和你？这便因为你家世代做楚将，都希望你能够复立楚国的后裔啊！"

项梁听他这话说得很不错，而且为了容易号召起见，便在民间竭力寻访楚王的后裔。好不容易，才在一个乡村中，找到了一个楚怀王的孙子名叫心的。那时他正在替人牧羊，项梁便将他迎接了来，立为楚怀王，自己号称为武信君。

项梁又带了兵，去攻亢父⑭，大破秦军于东阿⑮，更命沛公⑯和项羽去攻城阳、定陶等处。秦军屡战屡败，项梁便更加轻视秦军，渐渐地露出了骄傲的气势。他的部下，有一个名叫宋义的，便劝他道："打了几次胜仗，要是做主将的便从此骄傲了，兵卒们又怠惰起来了，这是终于要失败的。现在，试瞧瞧我们军队中的情形，不是渐渐地已经有了骄惰的现象吗？所以，我实在替你担心呢！"

项梁听了宋义的话，却一点儿也不介意。接着，便派了宋义出使到齐军中去。宋义在半路上，遇着了齐军的使者高陵君显，便问他道："你可是去见武信君吗？"

高陵君显回答道："是的。"

宋义便告诫他道："你还是慢慢地去吧！——因为，在我预测起来，武信君的兵，一定要失败了。你如果走得慢一点儿，还可以免死，否则，也许要连带地遭到祸乱呢！"

不到几天，秦将章邯⑰，果然带了大队人马来攻击楚军，楚军不及提防，一时手忙脚乱，都纷纷溃退，项梁也战死了。

章邯攻破了项梁的军队，便渡过河去攻击赵军，赵军又大败。赵王歇、赵将陈馀、赵相张耳都逃进了巨鹿⑱城中，章邯的兵便驻守在巨鹿南面，围住赵军；赵军约数万人，屯于巨鹿的北面。

楚军自项梁兵败以后，便失了统帅，怀王正在十分担心，忽然听得高陵君显说："宋义在未战以前，就能够知道败的征象，这是一个富于军事知识的人。"因此，怀王便命宋义做上将军，统率次将项羽，末将范增以及别的军队，打算渡河过去救赵。

楚军开到安阳地方，停留四十六天，并不进兵。项羽有些忍不住了，便对宋义说道："我听说，秦军围赵王于巨鹿，我们只要出其不意地从外面攻击秦军，赵军必能在里面响应，那么，秦军就不难攻破了！现在，我们何不赶紧渡河过去呢？"

宋义不听他的话，一方面又派他的儿子宋襄，去做齐相。宋义亲自送行，到了无盐⑲这地方，还办了一席丰盛的酒筵，父子俩开怀痛饮，絮絮话别，非常有兴致。

项羽得到了这个消息，便叹道："这几天天寒大雨，兵卒们只吃一些芋菽⑳，军中的粮食还怕不够，做主将的人既按兵不动，却还有心饮酒高会。像这种不顾国家，只顾自己的人，可以指望他成大事吗？"

第二天早晨，项羽便去见上将军宋义，竟不动声色地就在帐中将宋义斩了。走出来，又对众人宣言道："宋义私通齐军，暗暗地在预备谋反，所以楚王有密令给我，叫我将他杀死了。"

宋义部下诸将，都很服从项羽，没有一个人敢说一句话，并且共同拥立项羽为假上将军。项羽又差人追到齐军，将宋义的儿子杀了；一面又派了桓楚，把这事的经过，去报告了楚怀王。怀王就叫项羽做上将军。自此以后，项羽威震楚国，名闻诸侯。

过了几天，项羽先调了二万兵士，渡过河去救巨鹿。行军非常顺利，于是，他索性将所有的军队，一起渡过河去。临走的时候，全军只带了三天的粮草，并且，"破釜沉舟"㉑，表示此去不打胜仗，决不回来。

果然，楚军将士，个个都是以一当十，终于大破秦军，章邯也就投降了。

【故事注解】

① 秦始皇——姓嬴名政。

② 六国——就是楚、齐、燕、韩、魏、赵。

③ 二世——名胡亥，秦始皇的次子，在位三年。

④ 陈胜——字涉，秦阳城人，二世元年，与吴广起兵，后来自立为楚王，终于被他的御者庄贾所杀。

⑤ 吴广——字叔，秦阳夏人，与陈胜同时起兵，称假王，后被诸将所杀。

⑥ 渔阳——秦郡名，在今北京市密云区西南。

⑦ 陈——今河南淮阳县。

⑧ 斩木揭（jiē）竿——秦始皇时，因为防止人民作乱，所以早已将民间铁器，没收了去熔毁了。人民得不到兵器，便斩木为刀，揭竿为旗而起兵了。

⑨ 项羽——楚将项燕的孙子，名籍。力能扛鼎，才气过人，后来自立为西楚霸王，终于被汉军围困垓下，自刎于乌江。

⑩ 项梁——楚将项燕的儿子，项羽的叔父。

⑪ 吴中——今江苏苏州市。

⑫ 范增——巢人，是项羽的谋士，年七十，辅项羽霸诸侯，称亚父。

⑬ 楚怀王——战国时楚国的君主。朝见秦始皇，被始皇扣住，不知所终。

⑭ 亢父——地名。战国齐邑，秦置县，故城在今山东济宁市南。

⑮ 东阿——古地名。就是春秋时候的柯邑，战国名为阿，秦朝又名为东阿。现在今山东聊城市东南部。

⑯ 沛公——就是汉高祖刘邦。因为他起兵于沛（今江苏沛县），当时部下便拥立他为沛公。

⑰ 章邯（hán）——秦将，后来投降项羽，立为雍王，被汉将韩信所灭。

⑱ 巨鹿——县名，就是现在河北的平乡县。

⑲ 无盐——地名，在今山东东平县东。

⑳ 芋菽（shū）——芋是一种蔬类植物，种于水田，地下茎多肉，可供食用，寻常称为芋芳。菽是豆类的总称。

㉑ 破釜（fǔ）沉舟——釜是煮饭的锅子。项羽的全军人马，在出发的时候，便将锅子打破了；等到渡过了河，又把所乘的船都沉入河底，表示不打胜仗决不想再回来了。

【成语释义】

抱了决心去奋斗。

【用法举例】

一、对话

甲："去年你店里的营业怎么样？"

乙："不要说了，一共亏了三千多元，差不多把所有的资本蚀去了一大半儿。"

甲："那么，今年你打算怎样呢？"

乙："仍旧想继续做下去。"

甲："资本方面不会有问题吗？"

乙："我已经决定，将住宅和田地一起卖掉，再加些资本进去试试看！"

甲："哟，这样我觉得太冒险了！"

乙："不瞒你说，我要不是这样做，也许连全家的生活都要成问题呢，所以，不得不'破釜沉舟'地干一下了！"

二、叙述

华健小学，一向是很注重体育的，他们在每年运动会中，不知道得过了多少次的胜利。但是，今年在全省小学联合运动会中，却大大地失败，竟被省城里的第一模范小学把锦标夺了去。

华健小学的全体学生和教职员，都认为这一次的失败，是莫大的耻辱。因此，他们从即日起，更将每天练习运动的时间延长，而且还请了一位著名的体育家来做指导员。照这种情形看起来，在明年的运动会中，他们一定要"破釜沉舟"地一试身手呢！

破釜沉舟

助纣为虐

（《汉书》作"助桀为虐"）

【故事】

从前，殷①朝有一个皇帝，名字叫作纣②。他的力气很大，能够徒手杀死猛兽。

但是，他生性十分残暴，只贪个人的快乐，所以，他做了皇帝以后，就把国家大事，搁着不问，一心只在打算怎样享乐。

有一次，他去征伐有苏国③，便将那有苏氏的女儿妲（dá）己夺了来，做了自己的妃子。

妲己的面貌虽美丽，心地却比纣还要残忍，而且又会献媚，因此，纣很爱她，无论对于什么事，都听着她的话去做。自此以后，纣便格外地暴虐起来了。

纣想造一座大园林取乐，因为一时没有这样一笔大经费，妲己便教他增加赋税④，搜刮民间的脂膏。随后又造起一座鹿台⑤来，储藏那些用不完的财物。——这座鹿台，足足花了七年的时间，才造成功。面积约有二里，高一千余尺，这便可见他搜刮的丰富了。

园林造成以后，便征集四方的奇禽异兽，供他俩每天玩耍。

园子中央开了一个池子，池里面满装着香醇的陈酒，叫作酒池。每一株树上，都挂着烹调得很鲜美的肉，叫作肉林。纣和妲己，每天雇了许多男男女女的青年，叫他们裸体追逐着，并且还逼迫他们，去喝那酒池里的酒，吃肉林里的肉。有时，那些男女青年，因为喝醉了酒，掉到酒池里去了，纣和妲己瞧见了，便拍手大笑起来。

当时的百姓们，都觉得纣的行为太暴虐了，没有一个不怨恨他的。于是，妲己又教纣制造了种种残酷的刑具威吓百姓们，使他们不敢再说一句怨话。其中最厉害的，便要算是炮烙（páo luò）之刑。——这种刑具，是用金属做成的一根空心柱子。如果捉住了反对他的人，立刻就在柱中生起火来，使那柱子烧得又红又热，然后将那人绑在柱上，活活地炙（zhì）死。

他又造了一千副桎梏⑥，凡是诸侯们不去谄媚他的，便捉来先打一顿，再加上桎梏，永远监禁，或是砍死。

殷朝的诸侯，有称为三公的，就是西伯昌⑦、九侯和鄂侯⑧。九侯有一个女儿，也嫁给纣做妃子的，妲己恐怕她将来会夺了自己的宠爱，便在纣的面前，说了许多坏话。果然，纣顿时大怒，便将九侯的女儿杀死了，并且还将九侯砍作了肉酱。鄂侯眼瞧着这种惨状，便竭力和纣争辩，责备纣不应该这样残酷。哪知纣却因此连带地痛恨鄂侯，也将他杀死了，还将他的尸身，腌作了人干。

西伯虽然不在面前，但是，他后来听到了这个消息，也不觉深深地叹了一口气。不料这叹声却被一个叫作崇侯虎的听见了，他去告诉了纣，纣非常愤怒，立刻又将西伯捉了来，监禁在羑里⑨。

西伯本是一个极仁厚的人，他一向敬老慈幼，礼待贤者，而且能够和百姓们同甘苦，很得民心。所以百姓们知道他被监禁了，个个都有些愤愤不平起来。

纣看见百姓们这样激昂，正在没法可想的时候，忽然又有像崇侯虎那样的一班小人，献了他一个计策：教他暗地里派了人去，又把西伯的长子名叫伯邑考的捉了来，将他放在一只大锅子里，烧煮成羹，再叫人拿去给西伯吃。西伯不明白其中的秘密，竟毫不迟疑地吃了。于是，纣便宣言道："圣人是肯定不会吃自己的儿子的，现在，西伯既然吃了他儿子的肉，谁说他真是圣人呢？"

　　百姓们虽然不敢和纣计较，可是，怨尤他的心，却更加增进了；就是对于妲己和崇侯虎这班"助纣为虐"的人，也非常痛恨。

【故事注解】

① 殷（yīn）——商王盘庚，迁都殷墟，改国号叫作殷。

② 纣（zhòu）——名辛，帝乙的儿子，在位三十三年，为周武王所灭。

③ 有苏——古己姓国，在河北沙河市西北。

④ 赋税——国家所收的田租、地租、关税等，都叫作赋税。

⑤ 鹿台——殷纣聚集财物的处所，又名南单台，在今河南淇县。

⑥ 桎梏（zhì gù）——桎是锁住两足的刑具；梏是锁住两手的刑具。

⑦ 西伯昌——西伯的意思，就是西方诸侯之长。纣曾封姬昌为西伯，后来姬发追尊他为周文王。

⑧ 九侯、鄂（è）侯——九应该读作仇。九侯，一作鬼侯，和鄂侯都是纣时的诸侯。

⑨ 羑（yǒu）里——地名，现在河南汤阴县，有牖城，据说就是古时的羑里。

【成语释义】

比喻：帮恶人做坏事。

【用法举例】

一、对话

甲："王公馆里的三太太，实在是一个最凶恶的妇人。她对于佣仆们，只要一不高兴，便会动手乱打。听说，甚至有被她打伤的呢！"

乙："这不能完全怪她！因为，她的脾气虽然很横暴，但是，有时譬如佣仆们在背后说她几句，她怎么会听到呢？"

甲："那么，这又是什么缘故呢？"

乙："那还用说，自然是她那最宠爱的婢女春香，常常在挑拨是非，所以，自从春香进了王家的门，三太太便格外凶悍起来了。"

甲："我真不懂，那春香自己也是一个佣仆，为什么要这样'助纣为虐'呢？"

乙："那又有谁能够知道她的心理！"

二、叙述

从前，我们家乡被军阀李长胜占据的时候，横征暴敛，骚扰得百姓们几乎不能生活了。后来，他刮钱的方法统统用尽了，便又派了他的一班心腹，到几家比较体面些的人家去敲诈，逼着他们拿出钱来助军饷。

其中，只有他的一个秘书，却不愿"助纣为虐"，劝了他几次都不理，便辞了职务，回家去了。

助纣为虐

负荆请罪

（出《史记》）

【故事】

战国时候，要算秦国最强，各国差不多都怕它的。

蔺相如①做了赵国的宰相。有一次，赵王忽然为了一件事要到渑池②这个地方去会见秦王，相如便跟着同去。

到了秦王宫里，秦王便请赵王喝酒，正喝到一半儿光景，秦王因为故意要侮辱赵王，便拿出一张瑟③来，叫赵王鼓给他听。赵王没法，只得依了他的话，鼓起瑟来。

相如痛恨那秦王的无礼，便也要请秦王击缶④，以图报复，秦王不答应。

相如更加发怒了，他便拔出一把宝剑，一直赶到秦王的面前道："今天，我就和你拼了命吧！"

秦王的侍卫们，看到这种情形，便持着兵器，走过来预备将相如杀死。相如大声地叱责他们，侍卫们不知不觉地都吓退了。

秦王无可奈何，也只得依他的话，击缶给他们听。

这次，赵王总算没有坍台，回到国里，便用相如为上卿⑤，位在将军廉颇⑥之上。

廉颇，本是赵国的良将，立功很大。现在，听得素来贫贱的蔺相如，忽然凭着他嘴巴会说话，居然擢升高位。心里很是不服，便想在碰见他的时候，狠狠地羞辱他一顿。

过了几天，竟有人将这个消息，告诉了蔺相如。因此，相如每次遇着廉颇，总是嘱咐车夫，将自己的车子避了开去，但是，相如的亲属们，却都以为这种举动太显得懦弱了，是很可耻的。

相如便对他们解释道："你们应该认清楚，这并不是我在怕他啊！——老实说，从前像秦王那样的威严，我尚且敢当庭叱责他，现在，难道就怕起廉将军来了吗？不过，我以为那虎狼一般的秦国，几年来所以不敢加兵于赵国的缘故，也许，就因为赵国有我和廉将军两人在吧！我们不是常常听得人家说，两虎相斗，必有一伤。我们两人，要是不能合作，互相排挤起来，那么，秦国便可乘这机会，来侵略我国了。所以，我宁愿别人说我懦弱，常常避过他，免得使我们两人伤感情！"

后来，又有人将这番话，传过去给廉颇听了，廉颇觉得惭愧极了，便肉袒⑦负荆⑧，亲自到蔺相如家里去请罪。

从此，两个人私怨尽释，同心协力地替国家做事，赵国也就安如磐石了。

【故事注解】

① 蔺（lìn）相如——战国时赵国的上卿。

② 渑（miǎn）池——今河南渑池县。

③ 瑟（sè）——乐器。古时有五十弦，后来改为二十五弦。每根弦都有一根小柱，可以上下移动，以定声音的清浊。

④ 缶（fǒu）——瓦器，腹大口小，秦人当作乐器用的。

负荆请罪

199

⑤ 卿——官名，分上卿、中卿、下卿三级。

⑥ 廉颇——战国赵良将。在惠文王和孝成王时，很有功绩。到悼襄王时，因为获了罪，出亡在魏国。后来又到楚国，死于寿春。

⑦ 肉袒（tǎn）——就是脱去了上衣，露出肢体，表示自知有罪，愿意来就刑戮的意思。

⑧ 负荆（jīng）——荆是杖。负荆的意思，就是自己已经知道自己的罪，愿受杖责。

【成语释义】

　　就是赔罪的意思。

【用法举例】

一、对话

　　甲："少逸兄，你今天如果到棣华那边去，我有些事要托你。"

　　乙："什么事？"

　　甲："就是前天我和棣华的那场口角，现在我已经明白，实在是出于双方的误会才产生的。所以，我想请你从中做个调解人，向他解释解释。"

　　乙："不行吧！我觉得这一次的事儿，你未免太过分了。要不是你亲自去向他解释，也许难得他的谅解吧！"

　　甲："你且先替我去说说看，改天，我当然还要向他'负荆请罪'呢！"

二、叙述

　　这一天，石竹友和梅子香，同在一个朋友家里喝喜酒，因为闹酒闹得太凶的缘故，两个人都有些喝醉了。

后来，不知怎样一不高兴，竹友竟在子香的颊上，掴了三掌。子香受了这种侮辱，第二天，便请了律师，预备进行诉讼了。要不是竹友亲自去"负荆请罪"，两个好朋友，不免要在法庭上见面呢！

负荆请罪

曲突徙薪

（出《汉书》）

【故事】

　　有一个客人，到一家人家去玩儿，他偶然走进厨房里，只见他们灶上筑着的烟突①，形状是笔直的，灶门口又堆了许多柴。他觉得这种情形很危险，便劝告那家的主人道："我看，这烟突这样建造，下面又堆着许多柴草，恐怕很容易引起火灾呢！"

　　主人听说，却毫不在意地道："哦，哦，我们这样过生活，已经有好几年了，却从来没有发生过什么事故。而且，烟突不是这样建造，应该怎样呢？柴不放在灶门口，又应该放到什么地方去呢？"

　　客人道："依我的意见，烟突应该改建为弯曲的形状，柴也应该徙②到较远的地方才是啊！"

　　但是，主人只是"哦哦"地应了几声，依旧表示着不信任的神气。

　　到了这天傍晚，这家人家，照例又在预备烧晚饭，却把那客人的话，早已遗忘了。

　　吃过了晚饭，休息了一会儿，各人便又若无其事地去睡觉了。

不料，刚睡到半夜里，只听得厨房里"噼里啪啦"地一阵响，主人连忙跳下床来，向窗子外面一望，但见一片红光，夹着一缕缕的黑烟，正在向厨房外面乱窜。原来在烧晚饭的时候，仆人一不小心，烟突里飘下一颗火星，恰巧落在那柴堆上面。起先是慢慢地燃着，后来被窗洞外边的西北风一阵一阵地吹着，火势便渐渐地猛烈起来。等到被那家主人发觉，已经是冒穿屋顶，不可收拾了。

这一来，主人真是吃惊不小，他当即忙乱地将全家的人都喊醒，女子们直着喉咙，在屋子里狂叫："救火！救火！"男子们找到了铜锣，到门外去镗镗地拼命敲着。

一霎时，邻舍们都从睡梦中听到了锣声和喊声，知道是附近人家失了火，大家连忙拿了救火器具，赶来援救：有的提了水桶，到池塘里去汲（jí）起水来浇灌；有的带了斧凿，爬上屋顶去斫（zhuó）断屋脊，以免延烧开来……大家手忙脚乱，搅作一团。

辛亏，不到片刻，这场火居然给他们扑灭了。可是，那家人家的厨房，却已烧毁了半间；救火的邻人们，也都疲惫不堪了。

第二天，主人因为感激邻人们的义勇，特地杀了一只牛，备了几坛好酒，邀请他们来吃喝一顿，以表谢意。不一会儿，凡是帮助救过火的，不论是仅仅提过一桶水，或是敲过几下惊锣的，全都请到了。

当时，主人便依照着出力的多少，排定座位的次序——自然，焦头烂额，出力最多的，照例请他们坐在上面；其余的，也按着功劳，依着席次坐了下来。只有那个起先劝主人改烟突、搬柴堆的客人，主人却始终没有想到他，因此也没有将他请来。

有一个邻人知道了这一回事，便对主人说道："你要是早听了那个客人的话，把烟突改曲了，把柴堆徙开了，哪里还会引起这场火灾？那么，今天这只牛也不必杀了，这几坛酒也不必花费了。

现在，你既然请客，怎么只请焦头烂额的坐在上位，却把那个客人遗忘了呢？"

主人被那邻人一提醒，自己也觉得有些惭愧，便立刻出去把那客人也邀了来，请他坐了首位。

【故事注解】

① 烟突——就是烟囱。

② 徙（xǐ）——搬。

【成语释义】

假借为防患未然的意思。

【用法举例】

一、对话

甲："记得去年夏天，你们村上不是大闹着霍乱吗？"

乙："是的，这种传染病，实在是可怕！"

甲："那么，今年怎么样呢？"

乙："今年倒还没有患这种病的人，想来总不会再流行了！"

甲："靠不住吧！依我看来，你还是'曲突徙薪'，赶紧去打防疫针才是！"

二、叙述

吉人早就和绍棣说过，晓帆这个人是很下流的，不要常常去和他做伴。可是，绍棣哪里肯听他的话，依旧是每天形影不离的，非常亲近。

不料，前天早晨，晓帆竟席卷了店里的大批钱钞，一声不响地逃跑了。现在，因为平日只有绍棣和他同出同进，最为要好，所以他们店里的经理便将他当作嫌疑犯，提进公安局里去了。幸亏，吉人能够"曲突徙薪"，早已和他绝了交，否则，连他也难免要被连累了。

病入膏肓

（出《左传》）

【故事】

春秋时，晋景公①因为听信谗言，竟将功臣赵衰②的子孙，差不多都杀死了。

匆匆地，两年已经过去了。有一天晚上，景公忽然做了一个噩梦，梦见一个又高又大的鬼，披散了头发，拍着胸脯，暴跳如雷地对着景公怒喝道："你实在太过分了，怎么将我的子孙一齐杀死，害得我们几乎灭了族！现在，我已经在上帝那里告准了状，快要来取你的命了。"

那个又高又大的鬼说完这一番话，仿佛怨气还是没有出尽似的，仍旧声势汹汹，打算直冲进景公住着的宫里来。因此，宫中一重一重的门，也统统被他打坏了。

景公看到这情形，心里吃惊不小，他只得急急地向着自己的寝室逃去。可是，那个鬼哪里肯就此放松，他只是紧紧地追在景公后面，还想闯进寝室里去。景公连忙把室门关上了，哪知，那个鬼又将室门也打坏了，一直闯进了寝室。景公吓得满身冷汗淋漓，就此便惊醒了。

自这一晚梦醒以后，景公当即觉得身体有些不舒适。到了第二天早晨，便将他梦中所遇见的一切，说给他的侍臣们听，并且问他们："有没有禳解③的方法？"

其中有一个侍臣说道："从前，我听人家说起，有一个名叫桑田巫④的人，能够在白天瞧见鬼物，要是请他来瞧一瞧，也许会有一个办法了！"

景公听了他的话，便将桑田巫叫了来。果然，当他一走进宫门，立刻嚷着道："有鬼，有鬼！"

景公问他道："那个鬼的神气是怎样的？"

桑田巫道："那个鬼身体十分高大，而且正在大发雷霆⑤呢！"

景公再细细地问了他一番，果然，他所说的那个鬼的形状，和景公在梦中所见的，一般无二。

景公害怕得连面色都泛白了，战战兢兢地问道："你……你……可有……法子……禳解吗？"

桑田巫接连摇着头道："没有法子，没有法子！——因为，那个鬼现在正在盛怒的时候，他一定要报了这冤孽才肯罢手，禳解又有什么益处呢？——唉，依我看来，主上也许尝不到今年的新麦了！"

景公的病，从此一天重似一天了。过了些时候，他又听人说起："秦国有一个著名的良医，名字叫作缓，他的医道十分高明。无论什么病，只要经他诊治一番，没有不着手回春⑥的。"景公便派了一个亲信的人，带了聘金，到秦国去请他来诊治。

过了几天，医师缓还没有请到，景公却又做了一个噩梦：梦见自己的鼻子里，忽然钻出了二竖子⑦来，慌慌张张地竟互相谈起话来了。

一个竖子说："医师缓，是有名的国手⑧，要是他来了，一定要用药物⑨针砭⑩来处治我们了，我们应该怎样避过他呢？"

另外的一个竖子道："且宽心些吧！现在，我已经想出了一个方法，等他来伤害我们的时候，我们可以躲避在肓之上，膏之下⑪，他一定奈何我们不得了。"

一会儿二竖子似乎商量定当了，便又向景公的鼻子里钻了进去。

这一天，医师缓已经赶到了，景公立刻召他进宫去，可是，他只略略按了按脉，便摆摆手说："医不好了。这个病恰好在肓之上，膏之下，灸既不能灸，砭又刺不进，就是服下药去，也是达不到的，怎么还医得好呢！"

景公听他诊断的话，和刚才那二竖子所说的，十分符合，便说道："缓先生真是良医，果然名不虚传啊！"便吩咐左右侍臣们重重地酬谢了他，仍旧送他回秦国去。

景公的病，一再迁延，竟渐渐地挨到六月里了。这时候，麦已成熟，景公想尝尝新，便叫掌管公室田赋的官吏，把所收的新麦献上来。

他因为记着桑田巫的话，一面吩咐厨子，赶紧将献上来的麦煮成麦粥；一面又派人去叫了桑田巫来，指着麦粥给他看道："这是什么东西？——你说我不能尝到新麦了，现在怎么样？哼，可见你当初胡言乱道，不过是骗骗人罢了！"说着，便叫人将桑田巫绑出去杀了。

可是，当景公拿起碗筷，正打算吃麦粥的时候，肚子忽然痛起来了。他急忙丢下碗筷，上茅厕去大解，不料，不一小心，竟跌在茅厕里溺死了。

【故事注解】

① 晋景公——春秋时晋成公的儿子，名据，在位十九年，死后谥景。

② 赵衰（cuī）——春秋时晋文公的臣子，跟着文公出亡在外面，一直经过十九年。后来文公能回到晋国即位，什九都是他和狐偃的功劳。

③ 禳（ráng）解——祭祀鬼神，请求解除灾殃，叫作禳解。

④ 桑田巫——能够降神见鬼，替人祈祷的人。

⑤ 雷霆——很激烈的雷。通用作盛怒的比喻词。

⑥ 着手回春——形容医师医道高明，只要一着手，便可以使重病有了转机。犹如从严寒沉闷的冬天，回复到生气勃勃的春天一般。

⑦ 二竖子——竖子，就是童子，此处作小人解。现在称病魔为"二竖"，就是根据这个故事来的。

⑧ 国手——技术能够冠绝一国的人。

⑨ 药物——凡是可以治病的东西，都叫作药物。我国医生所用的药物，大多为植物，所以药字从草。

⑩ 针砭（biān）——针是针灸：将针烧热了，刺入病人的经络中，以疗治疾病，就是现在的针科。砭是砭石：古人治病，有用石制的针，刺入病人的肌肤中的，就叫作砭。现在这种医术已经失传了。

⑪ 膏肓（gāo huāng）——肓之上，膏之下，就是身体里面，心和鬲——就是横隔膜——之间的部位。人身体里面的部位，心下为肓，肓下为膏，膏下为鬲。

【成语释义】

本意是：病已到了危险的地步了。借用为：事情难以挽救的意思。

一、对话

甲："你弟弟的病，这几天想来总可以好些了？"

乙："不但不见好，而且热度又加高了。"

甲："那么，现在你预备怎样呢？"

乙："打算再去请黄岐先生来诊治一下。"

甲："嗯，黄先生的医道的确靠得住，只要请得到他，一定药到病除！"

乙："唉！'病入膏肓'，哪里还有希望，请黄先生，也不过是尽尽人事罢了。"

二、叙述

慕新的几个儿子，要算老三最没有出息，他整天地提着鸟笼，和一班不三不四的朋友，坐在茶馆里胡闹。

自然，慕新也看不过这种行为，所以，前天特地找到茶馆里，将他狠狠地教训一顿。无奈，他已经"病入膏肓"，实在是无可救药的了。

蜀犬吠日

（出韩愈文）

【故事】

　　蜀①中有很多的高山，就拿最著名的峨嵋山②说起来，便有大峨、中峨、小峨的分别。这三座山连接着，从山脚到山顶，大约有六七十里路程，可见是多么险峻啊！

　　除了峨嵋山以外，还有大雪山③、马头山④……那些重峦叠嶂，接二连三地排列着，仿佛像是屏障一般，当然，交通上便发生了阻碍。因此，古人曾有"蜀道难"⑤的话。

　　在这些高山里面，常常有很多的水汽蒸发出来。而且，就因为山太高了，水汽不容易透泄，它们郁积在一处，遇着了冷空气，立刻又变成了大雾，迷迷漫漫的一片，布满空中，使人模模糊糊的，仿佛幂（mì）在一层薄纱里面一般。

　　每天，太阳照到了这个地方，便给那些雾气障住，再也瞧不出它的踪影来。在一年之中，真是难得有几天，空气比较干燥些，大雾散开了，才偶然透露一缕太阳光出来。

　　住在山下的人们，有时瞧到了太阳，虽然也有互相报告的，但是，到底谁都明白它的来历，谁也不至于大惊小怪。

　　只有那边的狗，因为知识不及人类，所以，一旦瞧到了这个难得瞧见的太阳，便像发现了一件怪物一般地惊诧了。

　　有一次，太阳又照到那山下了，于是，一只白狗首先抬起了头，对着那太阳望了一会儿，便狂吠⑥着道："汪，汪，汪！这圆圆的东西，多么可怕呀，要是掉下来，我们一定都没有命了！——汪，汪，汪！怎么好？"

　　一只黄狗也接着狂吠道："汪，汪，汪！这红红的东西，多么热呀！要是掉下来，我们一定都给它烫死了呢！——怎么好？汪，汪，汪！"

　　霎时，远远近近的许多狗，不论黑狗、花狗、癞皮狗、跷脚狗、狮子狗、紧毛狗……一个个都应和着，汪汪地吠了起来。

【故事注解】

① 蜀（shǔ）——就是现在的四川。

② 峨嵋（é méi）山——在四川峨嵋山市西南，因为两山相对，像是两条蛾眉，所以又名蛾眉。

③ 大雪山——在四川康定南，很高，四季有雪。

④ 马头山——也是四川的高山。

⑤ 蜀道难——古乐府曲调名。唐诗人李白，也有一首《蜀道难》的诗。

⑥ 吠（fèi）——狗叫，叫作吠。

【成语释义】

　　比喻：少见多怪。

【用法举例】

一、对话

甲："我这次上京城里去，不知道看到了多少奇奇怪怪的东西，一时真是说也说不完呢。"

乙："你可以略说些给我们听听吗？"

甲："有什么不可以，不过，先说哪一件好呢？——哦，还是先说他们点的灯吧！你们要知道，他们所点的灯，绝对和我们的不同，他们既不用煤油，也不用灯带，只将一个玻璃球高高地挂着，它便自己能够发光了。"

乙："哈哈，你不要在那里'蜀犬吠日'了。这叫作电灯，现在凡是略微繁盛的地方，都装置着这种灯，又有什么稀奇呢？"

二、叙述

今天那张《道学报》上，刊着一则时评，是讨论女子的运动问题的。其中有一段说："身为女子，不好好地坐家里，偏要远远地跑出去进学校，已经是违背了古圣贤的遗训了。不料，近来竟愈闹愈凶，更有在大庭广众间比赛跑跳和游泳的。赤身露腿，实在太不雅观了。……"在竭力提倡女子体育的现代，这位记者先生还会发出这样的论调来，他的头脑可算是顽固极了。难怪本县的运动场长方先生，要讥笑他是"蜀犬吠日"了。

揠苗助长

（出《孟子》）

【故事】

宋国①有一个农夫，天天忙着种田锄地，非常勤谨。只是，他的生性是很急躁的，所以无论做一件什么工作，总希望立刻就把它做成功。

有一次，他在田里种了些麦苗，只过了一夜，便急匆匆地赶到田里去，察看那麦苗有没有生长。——这当然是很使他失望的。因为，那麦苗依旧是短短的，和种下去的时候，一点儿也没有两样。

他心里真是着急极了。自此以后，便每天跑到田坂②上去望望。可是，那些麦苗，却好像是故意和他为难似的，今天看是这样长，明天还是这样长，仿佛是永远不会变化的。

这样一连过了好几天，他的确有些忍耐不住了。有一天晚上，独自睡在床上，便穷思极想地思量起来了。他想："这许多麦苗，要是能够快快地长成，那么，我的收获，一定可以比别人提早几个月。那时候，陈麦已经卖完，新麦还没有上市，我首先运出去粜（tiào）给粮食店里，不是稳可获得一笔优厚的利益吗？——但是，怎么才可以使那麦苗快快长起来呢？"

214

他反复思量着，一直思索到半夜里，才恍然大悟似的跳下床来，拍着手道："对啦，对啦！"

他趁着家里的人昏昏熟睡的当儿，便悄悄开了门，一径赶到田里，把所种的麦苗，一株一株地都揠③起了三四分。

他所种的麦田，一共有二三十亩，种麦苗的时候，已然费了许多光阴，现在要将它一株一株地揠起来，倒也并不十分容易。这一天，他从早晨一直揠到傍晚，才将那些苗一齐揠完。

他一面挥着汗，高高地站在田塍（chéng）上，向着那田里仔细望了一会儿，果然，觉得那些麦苗，比刚才长了许多了。于是，他顿时好像心里落下了一块石头似的，得意扬扬地跑回家里去了。

一进门，他就对他家里的人道："今天我辛苦极了！"

家里的人齐声向他问道："你今天一天没有回来，到底做了些什么事呢？"

他说道："今天，我清早就出门，将田里种着的那些麦苗，一株一株地帮着它们生长了！"

他的儿子很不相信他的话，说道："麦苗是要慢慢地生长的，怎么一会儿便可以帮着它们长起来呢？"

他很坚决地道："你不必多说，要是不相信，只要到田里去瞧一瞧就是了。"

他的儿子依着他的话，果真跑到田里去察看了一会儿，却见那一株一株的麦苗，都已垂着头，枯死了。

【故事注解】

① 宋国——见《守株待兔》篇。

② 田坂（bǎn）——田边的斜坡。

③ 揠（yà）——拔。

【成语释义】

比喻：不恰当的努力，不但无益，反而有害。

【用法举例】

一、对话

甲："你已经见过经理先生吗？"

乙："早已见过了。他曾经答应我，过几天就派我到支店里去担任账务总管。但是，我一直等候了半个月，却依旧是没有消息啊！"

甲："现在，你打算怎样办呢？"

乙："我打算写封信去责问他，并且要他立刻派我出去。"

甲："嗳，这种'揠苗助长'的手段，绝对是使不得的。依我看来，还是再耐心地等几天吧！否则，双方弄僵，事情便反而糟了。"

二、叙述

本来是从不生病的一清，去年冬天，不知怎的，忽然要服起补药来了。于是，今天买中药，明天配西药，只想把身体再补得强健些。

到后来，到底因为服错了一种药，一直病到今年夏天才痊愈，可是，他的身体却从此衰弱不堪了。

现在，他常常懊悔，不应该使用这种"揠苗助长"的方法。

杯弓蛇影

（出《晋书》）

【故事】

　　晋朝时候，有一个尚书令①，名叫乐广②。他很喜欢结交朋友，所以常常邀几个知己到他家里去喝酒。

　　有一次，他又邀了一个好朋友，沽了几瓶美酒，烧了几样小菜，便在他家里对饮起来。

　　俗话说："酒逢知己千杯少。"这一晚，乐广和那朋友谈谈说说，果然是十分快乐，接连喝了好几大杯。但是，那朋友却总是唯唯否否地没有一点儿兴趣，再瞧瞧他的脸色，也是愁眉不展的，仿佛有什么事感觉着非常难受似的。

　　乐广因为要助长那朋友的酒兴，便对他的朋友道："我们这样闷闷地喝着，未免有些不痛快，倒不如行个酒令助助兴吧！"

　　那朋友却摇摇头道："不，我今天不能奉陪了！"

　　乐广道："那么，我们来干几杯好不好？"

　　那朋友却又推托道："不，我实在已经喝够了，不能再喝了！"

　　后来，禁不得乐广再三相劝，那朋友总算又勉强地喝干一杯，当即神色仓皇地辞别了乐广，回家去了。

自从这一晚别后，乐广却接连有好几天没有瞧见那个朋友。他因为非常记念，便一径跑到朋友家里去访问。

　　他走进门，便向那朋友的仆人打听了一下，才知道那朋友从那天喝酒回来，便得了病，一直睡在床上，起不来身。

　　乐广听说，很是忧愁，便走到那朋友的寝室里，亲自向他问候道："你前几天还是好好的，怎么忽然患起病来了？这几天觉得好些了吗？"

　　那朋友侧身倚在一个枕头上，很凄苦地道："我的病，就是在府上喝酒那天起的啊！"

　　乐广很诧异地道："怎么，可是我的酒不行吗？"

　　那朋友连声说道："不，不！"

　　乐广道："那么，怎么会患起病来呢？"

　　那朋友道："那天，我和你正在一同喝酒，忽然看见我的酒杯里，却有一条小蛇沉浸着，当时，我便打算不再喝下去了。可是，后来经你几次殷勤相劝，而且又不好意思向你说明，所以，只得勉强直着喉咙，喝了一杯，哪知，一回到家里，便患起病来了。"

　　乐广暗想："酒杯里是绝不会有蛇的。但是，那天他所看到的，究竟是什么东西呢？"他当即辞别那个朋友，赶回家里，仍旧在那天朋友坐过的座位上，斟起一杯酒来，仔细地研究了一会儿，不觉恍然大悟地拍起手来道："唔，原来是这么一回事啊！"

　　乐广重又跑到朋友那里，向他声明道："你的奇怪的病，只有我能够医得好。而且，不必服药，只要再到我家里去喝一回酒就行啦！"

　　朋友哪里肯相信他的话，但是，禁不起乐广一再邀请，也只得勉强答应了。

　　到了乐广家里，早已在原来的位置上，放好了一杯酒，朋友刚坐下，乐广便问他道："你瞧，这酒杯里有没有蛇？"

朋友俯下头去察看了一会儿，顿时又骇得变了脸色，大声地叫起来道："啊呀，不得了，这杯酒里，也有条蛇呢！"

乐广听了他的叫声，却毫不在意，只是笑嘻嘻地站起身来，将墙上挂着的一张弓③，拿下了，然后又向朋友道："你再瞧瞧，这酒杯里可有蛇吗？"

朋友真的又察看一下，立刻便变了诧异的神气道："咦，真奇怪，这条蛇忽然不见了呢！"

乐广便指着那张弓道："老实告诉你，酒杯里本来是没有什么东西的，你所看见的蛇，不过是这张弓的影子罢了！不然，怎么将这张弓拿下了，便连蛇也不见了呢？哈哈，你的病，倒可以叫作疑心病了啊！"

朋友眼睁睁地把那弓的影子看得很清楚，满肚子的疑虑便一起消灭了，他的病也立刻痊愈了。

【故事注解】

① 尚书令——秦朝设置的官名，是少府属官，本来职位很小，到魏晋以后，才渐渐地尊崇起来。

② 乐广——晋淯阳人，字彦辅，善谈论。王戎做荆州刺史时，举他为秀才，后来升到尚书令的官职。

③ 弓——古时的兵器。用竹做弓把，张着弦线，可以使箭发得很远。

【成语释义】

比方：事情的虚幻。

一、对话

甲："听说，你父亲因为贩卖日本货，竟发了一笔大财，可是真的吗？"

乙："这是谁讲的？"

甲："就是你的老兄告诉我的。"

乙："不要理他，他近来患了神经病，说话每每是'杯弓蛇影'，毫无根据，怎么可以相信他呢？"

二、叙述

越是穷人，越喜欢夸说自己的阔气，像惠生，就是其中的一个。

他昨天来说，他新做了一件貂皮大氅；今天又说，在家里刚吃过了熊掌来。其实，我们只要瞧瞧他那件破旧的布大褂，便可以知道他的话，完全不过是"杯弓蛇影"罢了！

中华成语故事

塞翁失马

（出《淮南子》）

【故事】

　　从前，在中国的边塞上①住着一位老人，大家便称他为塞翁②。

　　塞翁家里，曾经养着一匹马，它的毛色既长得丰润美丽，脚力也很强健，因此，塞翁非常喜欢它，爱护得比普通的朋友还要亲切些。

　　有一天，塞翁家里的人一不小心，那匹马竟从厩③里溜了出来，不知道逃到哪里去了。

　　自从这一件不幸的事发生以后，不但塞翁家里的人，个个都十分惶恐，忙着在四处找寻。就是左邻右舍，也因为塞翁失去了这唯一的心爱的东西，替他非常着急，当即一个个跑来安慰他，劝导他。

　　哪知，塞翁听了他们的话，却毫不在意地道："失去了这匹马，又算得什么呢？——也许还有好运气在后面呢！"

　　邻舍们不懂他是什么意思，自然也不便再向他劝说。不过，大家总觉得他的态度有些奇怪。

　　这样过了好几个月，大家早已把这件事忘记了。不料，那匹马竟带着一匹胡④人的骏马⑤，一同走回来了。于是，左邻右舍又忙着去向塞翁道贺。

哪知，塞翁听了他们的话，却又是淡淡地说道："现在，我的马虽然带了骏马回来了，但是，在我看来，这事也没有什么可以欢喜，也许，还有祸祟会来呢！"

邻舍们仍旧觉得他的话有些奇怪，只是，鉴于前次的事，也不敢多说什么了。

过了几天，塞翁的儿子要到一个地方去，他本来是不喜欢骑马的，现在家里既然有了这样一匹骏马，便决定从马厩里牵了出来，骑着它代步。

刚走到半路上，马蹄忽然踏着一块石头，滑了一下，塞翁的儿子便从马上摔⑥了下来，连髀骨⑦也折断了，从此变成一个残废的人。

邻舍们得到了这个消息，没有一个不替塞翁忧愁的。他们便又赶到他家里，很殷勤地慰问他，劝导他。

哪知，塞翁听了他们的话，却反而很快乐地道："现在，他虽然跌断髀骨，但是，性命总算保住了，这也许还是运气呢！"

邻舍们知道他的说话，很是有些玄妙的。大家也不便向他追问，各自散了回去。

过了一年，塞外的胡人，竟调动了大队人马，打进内地来了。凡是在边塞上的壮丁⑧，都被征发了去当兵，结果，十个倒有九个战死了。

只有塞翁的儿子，因为髀骨已经跌断，不能步行，居然免去了兵役。

【故事注解】

① 塞上——就是边界上。

② 塞翁——是假托的人名。

③ 厩（jiù）——养马的屋子。

④ 胡——中国北方的民族。

⑤ 骏马——就是良马。孔融曾说骏马的名称，叫作骐骥。

⑥ 摔——掷在地上，叫作摔。

⑦ 髀（bì）骨——一名无名骨，又称胯骨，也称髋骨，在躯干的下部，左右各有一块，是包含着肠骨、坐骨、耻骨的。它的外面，有一个窝，叫作髀臼，便是大腿骨的接合处。

⑧ 壮丁——正在少壮时期，可以征发出去替国家服劳役的人。

【成语释义】

意思是：祸福不能一时断定，应该看它的结果怎样。

【用法举例】

一、对话

甲："何先生，你已经出了医院吗？"

乙："是的，今天才出医院。"

甲："这一次，一定是用了许多钱吧？"

乙："嗯，真晦气！这一次，不但我自己生了一场大病，用了许多钱。而且，在我进医院的第三天，家里竟失了火，房屋烧去了一大半，你想，怎么不叫人伤心呢？"

甲："你应该看破些，只要家里人口平安，未尝不是'塞翁失马'呢！"

二、叙述

　　茂源钱庄里逃走了三个学徒，虽然带走了一万多块钱的钞票。但是，据事后调查，这几个人几个月前便加入了黑社会组织，在外面早已秘密地和那些坏人通声气了！

　　所以，茂源钱庄这次的损失，也许还是"塞翁失马"呢！

扣槃扪烛

【故事】

　　有一个天生的瞎子，不论世界上的什么东西，他都没有瞧见过。就是日常所用的器具，也不过凭着两只手的触觉，约略知道它的形状罢了。

　　那瞎子就因为两眼失明的缘故，走路很不方便。在平日，要是没有什么紧要的事情，他便整天只在家中摸索着，永远是不走出大门一步的。因此，他对于外界的一切，完全隔膜。

　　有一年夏天，他那在城里做生意的父亲，忽然在店中患了时疫，生命很是危险。他得了这个消息，便很急切地要跑进城去探望一下。他的母亲虽然曾经劝慰道："你父亲的病，也许是不很厉害的，只要让我进城去瞧瞧就是了！你瞎了眼睛，行动很不方便，而且，夏天跑远路，也是很辛苦的，还不如在家里等候着吧！"但是，瞎子哪里肯听，依旧很坚决地要跟着他母亲进城去。

　　母亲拗他不过，只得带着他一同上道。一路上，他们被那炎炎的太阳光晒着，不觉熏蒸得汗流浃背，口渴神疲。幸亏，到了店中，知道父亲经过医生诊治，已经脱离危险了。

他们在病室里坐了一会儿，觉得已清凉了不少，那瞎子便想起刚才在路上的事来了。他说："母亲，在乡下到城里来的那条路上，为什么热得这样厉害呢？"

母亲道："那是当然。因为夏季的太阳，比较其他的三季来得酷烈。你想，我们从乡下到城里，一直在太阳底下跑着，怎么会不热呢？"

瞎子道："哦，太阳，太阳竟有这样厉害！但是，我却从来也没瞧见过它，到底它的形状像个什么东西呢？"

这时，父亲躺在床上，神志已经十分清醒了，他听到他们母子俩的谈话，觉得这可怜的瞎子，的确有告诉他太阳形状的必要，便说道："太阳的形状，是圆圆的，正好像一只铜槃①一样！唉，铜槃，也许你连铜槃也不知道。现在，你走过来吧，且摸摸这只铜槃，一定可以明白太阳的形状了。"

父亲说着，便将床前小几上的一只铜槃，递给了他。瞎子接住了，并且用手指扣了几下，那铜槃便发出一阵当当的响声来，瞎子点点头道："哦，知道了，原来太阳是像这个东西的。"

这样，他们在店中，伴着父亲住了好几天，父亲的病是早已痊愈了。有一天，得到了医生的许可，便一同动身回乡下去休养。

这是一个傍晚。当他们走过本村的社庙门前时，庙里正在撞着钟，做晚祷，很清晰地发出一阵当当的声音来。瞎子仔细地听了一会儿，便手舞足蹈地道："啊，这不是太阳发出来的声音吗？现在，我已经明白太阳是怎样一件东西了。"

父亲皱着眉头道："唉，你弄错了，太阳不过形状像铜槃那样圆圆的，却并不会发出声音来的啊！"

正说着，母亲又因为走得太吃力了，便要求父亲，同到庙里去休息一下。

他们走进了大殿，父亲便扶着瞎子，趖（xué）到神龛（kān）

前面对他说道："你更须知道，太阳还能够发光呢，正如这神龛前面燃着的蜡烛一般的！"

瞎子听了父亲的话，不觉惊奇地叫起来道："哦，这里神龛前面也有蜡烛燃着吗？——爸爸，请你引导我去摸一摸，让我好知道这蜡烛的形状！"

父亲答应了他的请求，便挽着他的手，引导着他，使他可以摸到那支蜡烛。

瞎子在那支蜡烛上，上上下下地抚摩了一会儿，便觉悟似的道："我明白了，我明白了！"

坐了一会儿，他们便又走出庙门，一径回到家里。吃过了晚饭，有几个邻舍和亲戚，都得到了消息，过来向瞎子的父亲问候。其中有一个人，身边恰巧带着一只管籥②，不知怎样一来，却在瞎子的手上碰了一下。瞎子不知道是什么东西，一伸手过去，就将它抓住了。一霎时，他便很得意地叫了起来道："哈，这个可恶的太阳，今天被我捉住了！"

大家不懂他是什么意思，忙向他的父亲探问。父亲便把刚才庙里的经过说给大家听，并且解释道："他，可怜的他，或者以为太阳的形状，就像蜡烛一般的。现在，却又将这管籥，当作蜡烛了吧！"

大家听说，这才恍然大悟。

扣槃扪烛

【故事注解】

① 槃——通作盘。

② 籥（yuè）——中国古代的乐器。样子像笛，却较短。

【成语释义】

比方：不加考虑，或观察不清而引起误会。

【用法举例】

一、对话

甲："我今天警告你一下：你要是再喜欢在背后讲人的坏话，我可绝不宽恕你了！"

乙："咦，我何尝在背后提起过你一句呢？"

甲："哼，不要假惺惺了，自然会有人告诉我的。"

乙："什么人告诉你的？我又怎样说你呢？"

甲："你昨天不是在对人谈起，说我做学校的会计时，常常要作弊，曾经中饱私囊吗？"

乙："哈哈，原来如此！告诉你吧，我所说的，是我们店里的会计周文澜，并没有说你邱先生呀！以后，请你不要再'扣槃扪烛'地瞎误会才是！"

二、叙述

前天，松亭问我的住址，我明明告诉他，是人寿里一千一百十七号。今天，他却怒冲冲地跑到我们公司里来，向我责问道："你这人真可恶，为什么故意把别人的住址告诉我，害我碰了一鼻子的灰！"

后来，经我详细询问，才知道他偶然走过仁安里，看见有一家一千一百十七号的人家，便去敲门，要找我。因此，便挨了人家一顿骂。我想，像他这样"扣槃扪烛"地胡闹，真是太滑稽了。

临渴掘井

（出《素问》）

【故事】

　　许多年以前，有一个商人，要到一个很远很远的地方去做买卖。从他住着的地方出发，一定要经过一个荒僻的所在，差不多在周围数百里以内，是找不出人烟① 来的。

　　当他临动身的前几天，便有几个亲戚朋友来劝阻他道："那地方路途既然是这样地远，交通又是非常地不便，你这一趟的旅行，也许是要失败的，还是打消了这个主意吧！"

　　那商人却很认真地答道："那怎么可以呢？我已经费了长时间去调查过了，那条路虽然不好走，但是，据说到了那边，做起买卖来是很容易的，只要随便带些什么货去，都可以获得极大的利益回来呢！"

　　亲友们知道他已经为金钱所惑，委实是难以劝导的了，只得又退一步地警告他道："你要是决定要去，那是我们也没法阻挡你的，不过，在半路上，既要经过一个荒野，对于你饮食起居上所需要的一切，还是筹备得充分些才是啊！"

　　商人哈哈地笑道："这真是过虑② 了，要知道，我曾经经商三十年，无论东西南北，无论怎样危险的地方都跑到过，却从来也没有发生过什么变故，这一次，为什么却要特别麻烦起来？哈哈，出门人只有随遇而安的，哪里可以比家居时的适意呢？"

亲友们看他意志十分坚定，知道再劝他也没有什么效力了，他们不愿自讨没趣，只得讪讪地告辞了。

商人等亲友们走了，便将行李整顿了一下，挨到第二天，径自带了一个仆人，向前进发了。

他们早行夜宿，差不多在路上走了两三个月，好不容易翻过一座高山，不知不觉地竟愈走愈荒僻起来了。有时候，一连走了三四天，也找不到一户人家。在起初的几天，他们倒并不感到困苦，因为，肚子饿了，可以靠着身边的干粮来充饥，嘴巴干了，可以舀了塘里的水来解渴，这样勉强敷衍着，对于他们的行程是不会有阻碍的。

可是，当他们又走了半个月光景，却发生了一个大问题：原来，他们这时候已走到了一个大沙漠的地方，不但在周围数百里以内，找不到一株植物，或是一户人家，并且连清水也找不到一滴。如果在临动身的当儿，有了预备，当然可以多带几只皮囊，沿途装着水，以便临时应用。但是，商人因为不听亲友的劝告，对于这种计划连想也没有想到过。所以，他们在这炎热的大太阳底下走着，因为过分的疲倦，肚子反而不觉得饥饿，只有那嘴巴的干燥，却是片刻都难忍受了。

商人挨不过这种苦楚，便对那仆人道："你能想想法子，到哪里去弄些水来喝吗？"

仆人有气无力地喘着气道："啊，我自己也是口渴得快要死了！但是，在这荒野的地方，怎么会弄得到水呢？"

商人皱着眉头道："那怎么办呢，难道我们两个人，竟在这里挺死不成？"

仆人道："死是当然谁也不愿意的，可是，挨到这种地步，不挺死，又怎样呢？"

商人道："依我想来，死既不愿，总应当在这无法可想之中，勉强想个方法出来才是啊！"

仆人道："主人有什么方法可想呢？"

商人道："我们平日在家乡，取水不是利用井的吗？现在，我们还是通力合作，赶紧掘出一口井来，解决我们这个'渴'的问题吧！"

仆人这才恍然大悟似的道："不错，不错，到底主人的思想来得灵敏！赶快，我们就动手来工作，好在我们的行李中，还带着两把防身的刀子，我们就用它来开掘吧！"

说着，他们便各自拿了一把钢刀，很努力地向地上掘去。掘呀，掘呀，不料掘了两三个钟头，还掘不到一两尺深，至于这下面有没有水源，却还是料不定呢！

他们越掘越困倦，嘴里也越觉得干燥起来，虽然不住地"努力呀，努力呀"地喊着，想让精神再兴奋起来一些，但是，疲劳的身体，毕竟敌不过那繁重的工作和暴烈的太阳的。因此，过不了一会儿，他们的喊声，渐渐地低沉了；他们的手臂，也渐渐地提不起来了。到后来，终于晕倒在新掘成的窟窿边了。

【故事注解】

① 人烟——有人的地方，必须烧饭，便有炊烟。

② 过虑——过分的担忧。

【成语释义】

比方：事前没有预备，只在紧要关头着急，已经是来不及了。

临渴掘井

意思和"江心补漏""抱佛脚"等成语差不多。

【用法举例】

一、对话

甲："祝三，火车快要开了，我们赶紧动身吧！"

乙："慢一点儿，我还要去买一件东西！"

甲："什么东西？"

乙："我的网篮破了，我想去买一只来调换一下！"

甲："唉，八点钟已经过了，怎么还在这里'临渴掘井'呢？"

二、叙述

伯骏已经在初级中学里报了名，后天便要去应入学考试。

他自己知道，平日对于各种学科，从来没有用心研究过，只怕不能及格，所以，这几天在发奋学习。但是，"临渴掘井"，又有什么用呢？

卧薪尝胆

（出《史记》）

【故事】

战国时候，吴①越②两国是很相接近的，所以常常要发生冲突。

有一次，吴王阖庐③又出兵去攻打越国了。不料，越王勾践④用了一个诡计，竟在檇李⑤将吴兵打得大败，一直追到姑苏⑥这个地方。吴王阖庐也因此受了重伤，不久竟病死了。

阖庐在临死时候，便将王位传给他的儿子夫差⑦，并且对他说道："你会忘记杀死你父亲的勾践吗？"

夫差答道："我决不敢忘记！等到三年以后，一定要替父亲报仇！"

夫差即位以后，因为时时刻刻存着一个报仇雪耻的念头，所以，叫士兵们尽力练习战阵和射击，以为将来复仇的准备。

这样过了两年，夫差真的便调齐了所有的精兵，去攻打越国了，越军却一点儿也没有准备，结果，竟在夫椒⑧这个地方，被打得大败。越王勾践，领了五千残兵，逃回会稽⑨，吴军又追赶上来，把会稽紧紧地围住了。

那时候，越军已经完全丧失了战斗力，哪里还可以和吴军对抗。不用几个时辰，会稽立即被吴军攻破，勾践和他的妻子，也给吴军掳了去，叫他掌管养马的贱役。

自此以后，勾践便专心和那些马匹做朋友了：一会儿，忙着去割了草来给马吃；一会儿，又忙着去汲了水来给马喝；每天早晨，又须亲自拿了箕帚，到马棚里去扫除马粪。这样过了三年，真是困苦万分。但是，他报仇雪耻的心思，却因此更加坚决了。

在夫差一方面呢，觉得勾践养了三年的马，一直是勤勤恳恳地，从来也没有表示过一点儿怨恨的神气，以为他是不会再存着什么野心了。况且，现在越国既已一败涂地，就是他想恢复，也恐怕是办不到了。所以，对于勾践，倒反有些可怜起他来了。

勾践早已瞧出夫差的意思，便和他的臣子范蠡⑩暗暗地商量了一会儿，当即派了文种⑪，带了厚重的礼物，到夫差那边去求他赦罪。

当时，吴国有一个忠臣名叫伍子胥⑫的，虽然竭力劝阻，不要放勾践回去，但是，后来文种又带了美女财宝，去买通了吴国的太宰伯嚭⑬，由他在夫差面前说了话，总算才答应放勾践回国。

勾践回国以后，就把从前一切享乐的东西都摒除了：他每晚睡觉，不用床铺，更没有什么被褥，只在一间空屋里，铺着些柴薪，便夜夜睡在这上面；又在他座位旁边，挂着一个猪苦胆，不时地仰起了头，用舌尖去尝尝那苦味的胆汁，同时自己问自己道："你忘记了会稽的耻辱吗？"他亲自在田里做耕种的事情，他的妻子也亲自在机上织布；他嘴里不尝鱼肉等美味，身上不穿两种彩色的华丽衣服；他把自己的身份放得很低，去亲近当时贤能的人，厚待宾客，赈济贫苦，吊问死亡，一切都是亲自去做。并且，又有文种理政事，范蠡管军事，尽心协力，生聚教训，预备报仇雪耻。

但是，那夫差呢，自从战胜越国，便气骄志傲，屡次出兵，去攻打那同吴国毫没有利害关系的齐国。却把从前勾践杀死父亲的深仇宿怨，都抛到九霄云外了。

伍子胥看到这种情形，曾经几次劝告夫差，要防备勾践来复仇。哪知，夫差不但不听，并且竟把伍子胥赐死了。子胥在临死的时候，很愤激地对夫差说道："请你在我的坟墓上，种些梓木，将来可以做你的棺材！把我的眼睛挖下来，放在吴国的东门，将来可以看越国的兵来灭吴国！"

越国经过了十年生聚，十年教训，国富民庶，兵精粮足。吴国呢，却因连年用兵北方，精锐都丧失了，只剩些老弱残兵。越王看时机已到，便出兵报仇，吴军连战连败，不能抵御。越军长驱直入，把吴王夫差围困在姑苏山上。夫差派人去求和，勾践不忍，也想允许了，范蠡忙阻止道："会稽之役，天把越国赐给吴国，只因吴国不取，大王才有今天。现在天又把吴国赐给越国了，大王怎又逆天行事，留将来的祸根呢？"

夫差得到勾践不许求和的消息，只得自刎而死，临死时吩咐左右，在自己脸上遮上一块布，说道："我没有面目去见伍子胥了！"

勾践埋葬了夫差，便把吴国灭掉了。

【故事注解】

① 吴——古国名。周泰伯的后代，春秋时候，占有现今江南及浙西的地盘。

② 越——也是古国名。夏少康的后代，春秋时候，灭了吴国之后，占有现今江苏、浙江及山东的一部分地盘。

③ 阖庐——同"阖闾（hé lǘ）"，吴王名。使专诸刺杀吴王僚，便自立为王。

④ 勾践——越王名。

⑤ 檇（zuì）李——地名，在今浙江嘉兴市。

⑥ 姑苏——山名，在今江苏苏州市西南。

⑦ 夫差（chāi）——人名，春秋吴国的国王，阖庐的儿子。

⑧ 夫椒（jiāo）——山名，在今江苏苏州市西太湖中。

⑨ 会稽（kuài jī）——山名，在今浙江绍兴市东南三十里。

⑩ 范蠡（lǐ）——人名，春秋楚国三户地方的人，字少伯，和文种同时辅佐勾践。

⑪ 文种——人名，春秋越国的大夫，字会，楚国人。

⑫ 伍子胥（xū）——春秋时楚国人，名字叫员。他的父亲名奢，兄名尚，都被楚王所杀。子胥奔亡吴国，辅佐吴国去伐楚，打进楚国的时候，杀他父兄的楚王，已经死了，子胥便把楚王的坟墓掘开来，鞭打楚王的遗尸三百下。

⑬ 伯嚭（pǐ）——人名，春秋楚国伯州犁的孙子，奔亡吴国，夫差叫他做太宰。

【成语释义】

　　意思是：刻苦自励。

【用法举例】

一、对话

　　甲："我们中国，历年受到那帝国主义者的侵略，真是愈弄愈糟了！"

　　乙："是啊，依我看起来，也许永远没有希望了！"

甲："那倒不能这样说的！我们四万万同胞，只要个个能够'卧薪尝胆'，遵照孙中山先生的遗教去努力，还怕不会振兴起来吗？"

二、叙述

一向被人看不起的叔豪，现在居然成为一个有名的科学家，谁都在羡慕他了。

不过，他在近几年中，竭力和环境奋斗，那种"卧薪尝胆"的精神，确实也是不容易的啊！

卧薪尝胆

顽石点头

（出《莲社高贤传》）

【故事】

梁朝①时候，有一个道行高超的和尚，名叫生公②。他用了数十年的光阴，专心研究佛③学，很有心得。他一有机会，便对人讲经说法④，却总能够使听众十分感动，十分佩服。

这样地过了几年，生公觉得感化人类的工作，已经做到了七八分了，但是，还有人类以外的动物，以及草木什物等，却不知道能不能感化。因此，他常常暗暗地想："佛是主张平等的，当然，对于世界上的一切，都应当同样看待。现在，我既然感化了人们，那么，对于其余的一切，怎么可以不去设法感化呢？"

生公打量了一会儿，便决定到各处名山大川去游历，以便实行他的计划。

有一天，他走到了虎丘山⑤上，拣了一个幽静的所在，坐定了，便开始对那些鸟呀，兽呀，树呀，草呀，说起法来了。

最后，他瞧到一株大树底下，恰好有许多顽石⑥堆叠着，他便一块一块地将它们搬了过来，聚集在一个地方，然后对它们说道："你们就做了我的徒弟吧，让我来讲经给你们听！"

说着，他真的便端端正正地坐着，很恳切地讲了一卷《涅槃经》[7]给它们听，并且问道："我所讲的，你们都能够领会吗？"

说也奇怪，那些顽石听了他的话，虽然不会开口回答，却同时都点了点头，表示懂得他的意思了。

直到现在，虎丘山上还留着一块大石头，名叫生公石，那就是当年生公说法的地方。

【故事注解】

① 梁——朝代名。萧衍受齐禅，称武帝，国号梁。凡四主，共五十五年，禅位给陈。

② 生公——梁时高僧，名竺道生。

③ 佛——佛教是世界宗教之一，创始于印度人释迦牟尼，后来便奉他为教祖。后汉明帝时，佛教才由西域输入我国，到晋宋间，信仰的人便逐渐多起来了。直到现在，还盛行于亚洲东部。

④ 讲经说法——经，就是佛经；法，就是佛法。

⑤ 虎丘山——在现在江苏苏州市西北七里，本来叫作海涌山。相传当初吴王阖闾，就葬在这山上。过了三天，忽然跑来了一只老虎，踞坐在上面，好久不去，所以便取了这个名字。

⑥ 顽石——没有知识的石头。

⑦《涅槃（niè pán）经》——涅槃是梵语，意思就是不生不灭。据说无论圣人、凡人，一定都要死亡的，只有佛菩萨，死的不过是他的身体，本性却是不生不灭的，这就叫作涅槃，也叫作圆寂。《涅槃经》，就是讲这个道理的一部经。

【成语释义】

比方：麻木的人，也动起情感来。

【用法举例】

一、对话

甲："友兰的那个孩子，现在怎样了？"

乙："现在在民德学校读书，倒很有进步。"

甲："这学校办得还不错吧！"

乙："在我看来，的确不错！否则，像友兰的那个笨孩子，怎么也有'顽石点头'的一天呢？"

二、叙述

文学杂志上所登载的几篇小说，没有一篇不是描写得很深刻，而且是富于感情的。

尤其是五月号所登的那篇《母亲和她的孩子》，凡是读过这篇作品的，不论是怎样一个缺乏同情心的人，也一定会"顽石点头"呢！

刻舟求剑

（出《吕氏春秋》）

【故事】

　　从前，楚国有一个人，带了一把宝剑①，到别处去旅行。他离开了家乡，爬山过岭地走了好几天，前面便有一条大江挡住去路，因此，他只得跳上了一艘渡船，预备渡过江去。

　　他在渡船里边坐着，默默地欣赏着那江上的山光水色，心里非常愉快，顿时便把几日来的疲劳都恢复了。过了一会儿，他又突然记起自己的那把宝剑来了，他想："在这样风景幽美的地方，要是能够舞一回剑，不是很难得的吗？"

　　想着，他真的便将那把宝剑抽了出来，赶到船头上去预备起舞。

　　但是，不幸得很，当他刚舞了几下，不知怎的一失手，那把宝剑便掉到江里去了。

　　同船的人，都知道这把剑是很宝贵的，所以，大家当即赶过来对他说道："快呀，你自己要是不识水性，可以立刻雇一个人，跳到江里去将它捞起来啊！"

　　不料，那宝剑的主人却不声不响，只是自顾自地用自己的手指甲儿，在宝剑落下去的船舷上，深深地刻了一个记号。然后对众人说道："不必着急！现在，我已经在船舷上做了记号，还怕它飞到天上去吗？"

同船的人看他傻头傻脑，谁也不愿意再和他多说什么了，各自仍旧回到自己的座位上去。

过了一会儿，船已到了对岸，渡客也都准备上岸去了。只有那宝剑的主人，却慌慌忙忙把自己的衣服脱了，便从那刻着记号的船舷边跳了下去。

船上的客人都觉得奇怪极了，便向他问道："这时候，你还要跳下水去干什么呢！"

那人道："那还用说，当然是要打捞我的宝剑啊！"

船上的人都一齐笑起来道："你的宝剑是掉落在江中心的，现在船已到了岸边了。要知道，船是在行动的，剑是不会行动的，哪里还找得到呢？"

但是，那人却始终不相信，他说："我的宝剑明明是从这地方掉下去的；我所做的记号，也清清楚楚地在这里，怎么不在这个地方呢？"

说着，他竟不顾一切地跳了下去，东捞西摸，一直打捞到筋疲力尽，依旧找不到那宝剑的踪影。

中华成语故事

【故事注解】

① 宝剑——古兵器名。

【成语释义】

比方：固执不化。

【用法举例】

一、对话

　　甲："我托你检查的那个'斑'字，你查着了吗?"

　　乙："检查了好几本字典，不知道为什么都没有这个字!"

　　甲："你可是仍旧在查'玉'部吗? 为什么不到'文'部里查查看呢?"

　　乙："不，我以为这个字，左右都是从'王'，无论如何总应该归在'玉'部里的!"

　　甲："好啦，你不要在那里'刻舟求剑'了，照你这样检查法，哪里查得着呢?"

二、叙述

　　季福老是这样"刻舟求剑"的。

　　前天，他送一封信到吴先生那里去，阿定当即告诉他:"吴先生已搬了家啦。"但是，他不相信，后来还不是空跑了一趟。

刻舟求剑

曾参杀人

（出《国策》）

【故事】

　　从前曾子①住在费②这个地方。有一天，忽然有一个人，急急忙忙地赶到他的家里，告诉他的母亲道："不好了，不好了，你的儿子曾参在大街上杀死了一个人，此刻已经被人捉住，送到官府里去治罪了！"

　　曾子的母亲，这时候正坐在织机上织布，听了那人的话，只是冷冷地道："哦，曾参竟会杀人吗？那真是奇怪的事儿了。"她一面说着，一面仍旧在织布，一点儿也没有动声色。

　　那个人却替她很担忧地道："你的儿子犯了法，或许连你也要连累呢！依我看来，你还是赶紧避到别处去吧！"

　　曾子的母亲，却依旧是十分镇静，说道："谢谢你，要你跑老远的路来通报！不过，我是始终相信我的儿子的，所以，我可以确定，他是绝不会杀什么人！"

　　那个人讨了一场没趣，只得怏怏地走了。

　　过了一会儿，不料又有一个人，气喘吁吁地跑到曾家来了。他很急切地向曾子的母亲说道："你的儿子曾参，闯了大祸，竟在大街上杀死了一个人，也许就要他偿命呢！"

　　曾子的母亲，还是在织机上织布，听了这话，不过微微地笑了一笑道："曾参不至于会杀人的，这，也许是谁放的谣言，请你不必去相信他！"说着，她和刚才一样，镇静地在织布。

　　那个人真有些不耐烦起来了，他说："我并不是要从中捞什么好处的！不过，此刻街坊上，到处都是沸沸扬扬地这样传着，我既然知道你们的住址，所以便赶来报个信，以便趁早可以想想法子！"

　　曾子的母亲道："你的好意，真使人感激得很！可是，要知道，一个母亲对于自己儿子的性情，当然是知道得最确切的。现在，曾参既然是我的儿子，怎么会不明白他的性情呢？所以，依我看起来，街上的谈论，一定是靠不住的。"

　　那个人知道曾子的母亲不相信他的话，便也没精打采地走了。

　　哪知，过了没有多少时候，又有一个人，跑着快步，赶到曾家来通报道："不得了，不得了！你家的曾参，在街上杀死了人，此刻已经监禁在牢狱里了！老太太，你还是仔细点儿，趁早躲避起来吧！否则，也许连你都有不利呢！"

　　曾子的母亲在织机上，听到这个人的话，不觉才有些惊慌起来，她想："我虽然相信子舆，绝不会杀人，但是，怎么接二连三，有这些人来报告，这事，也许不是假的吧？"

　　她想到这里，不觉也有些吃惊起来了，连忙把织布的杼子③往地上一掷，跳起身来，急急地向院子里跑去。幸亏，这时候墙边恰巧搁着一把梯子，她便爬上梯子，溜出墙外去躲避了。

　　后来，细细地打探了一回，才知道那杀人的并不是自己的儿子，不过是一个和他同姓同名，也叫作曾参的人。

【故事注解】

① 曾子——春秋武城人，名参，字子舆。他是孔子的学生，性至孝。相传述《大学》，作《孝经》，后世尊他为宗圣。

② 费——春秋鲁国的属地，就是现在山东的费县。

③ 杼（zhù）子——织布时用来穿过纬线的工具。

【成语释义】

意思是：毁谤过多，渐渐地也会使人生疑。

【用法举例】

一、对话

甲："你不是已有好几天不上学校了吗？在家里干些什么事？"

乙："这几天生了病，一直起不来床，所以没有出门。"

甲："哼，你不要说谎！同学们都在说，你是有意要躲过昨天那次数学测验罢了，哪里真的有什么病！"

乙："哈哈，这简直是'曾参杀人'，难怪你也不信任我了。"

二、叙述

几家亲戚，还不是因为得不到秋君的好处，所以，个个都说他的财产，来得不大正当。不料，近来竟连他的大哥，也有些看不起他了。

其实，"曾参杀人"，又有什么根据呢？

逼上梁山

（出《水浒传》）

【故事】

宋朝①的时候，山东济州②有一个水乡③，名叫梁山泊④。这座山的方圆，共有八百余里，而且形势非常险要。

到了哲宗⑤即位以后，山中竟聚集了一伙英雄豪杰，打着"替天行道"的旗帜，专和政府对抗。

其实，他们这种团体，并不是有意结合起来的。大概却都是犯了罪，或是为环境所逼迫，才亡命到这山上去的。

这山寨⑥中，自从寨主晁盖被官军射死以后，便由众人公推，请宋江⑦继任寨主。宋江一意要增加这山寨的势力，因此，竭力整顿了一番，并且决心要搜罗四方的人才。

有一天，宋江听得大圆和尚说起："北京⑧城里有一个姓卢的员外，名叫俊义，绰号唤作'玉麒麟'。他练成一身好武艺，耍棍弄棒，从来也找不到他的敌手。梁山泊中，要是能够得到这个人，一定可以大大地做一番事业。"

宋江听说，从此他便心心念念地，总想设法把那卢俊义请到山上来，但是，凭他怎样思索，始终想不出一个好办法。

当时，那军师智多星吴用，看他每天忧忧郁郁的，十分不快活，便对他说道："这事尽可不必担忧。老实说，只要让我去走一遭，凭着我这三寸舌头，就可以把卢俊义说上山来。"

宋江知道吴用的计策最多，现在听他这样一说，不由得喜笑颜开起来。当天，大家计议了一会儿，吴用便决定第二天早晨，带着李逵，一同起程往北京去。

吴用扮成一个看相的道士模样，李逵却扮成一个道童。他们俩朝行夜宿，不久早已到了北京城里，便一径赶到卢家的大门前。吴用手摇着铃，嘴里喊着："知生知死，知贵知贱，若要问前程，先赐银一两！"

这天，卢俊义恰好在厅前坐着，听到门外的喊声，便叫仆人把吴用请了起来，立刻报了年岁和生辰八字，要他把自己的命运代为推算一番。

吴用假装排了一会儿，便说道："奇怪，奇怪！"

卢俊义失惊地问道："怎么样，我的命运不行吗？请你老实告诉我！"

吴用道："说出来员外一定要见怪，还是不说为好！"

卢俊义道："不要紧，但请直说，哪会见怪！"

吴用又装得很忧愁地道："照员外的八字看来，不出一百天，必有灾难到来，不但家产不能保存，恐怕性命也有些危险呢！"

卢俊义听说，脸色都吓得铁青了。忙问道："也有方法可以躲避吗？"

吴用重复地推算了一回，沉吟道："除非避到东南方，一千里以外的地方去，或者可以躲过！——而且，还有一件事，就是我对于你这八字，有四句卦歌，在这里就请把它写在壁上，以便日后可以证明，到底有没有应验？"

卢俊义随手拿了一副笔砚，听吴用念着，自己便在壁上照写道：

"卢花滩上有扁舟,

俊杰黄昏独自游,

义到尽头原是命,

反躬逃难必无忧。"

　　吴用看卢俊义写完了,便辞别出来,当夜就带着李逵,赶回山寨中去报告宋江,准备等待卢俊义到来。

　　卢俊义在吴用推算八字的第三天,便带了他家中的总管李固和十辆车子的货物,动身向东南方出发。他的意思,本打算直到泰安州⑨的东岳泰山⑩去:一边可以避过灾难,一边还可以做些买卖。

　　他们走了几天,不知不觉地,竟已到了梁山泊附近的一个客店里,卢俊义听店中人说起,山上那伙好汉怎样的厉害,他便决定去把宋江捉了来,以便解进京去请功受赏。

　　不料,结果却很不幸!因为卢俊义不但没有捉到宋江,他自己倒反中了他们的圈套,硬被他们迎上山去了。他就这样在山中接连住了好几天,宋江等大小头领,每天总是竭诚款待,以便慢慢地设法劝他入伙,但是,卢俊义哪里肯依,吴用便主张把李固放了回去,叫他到卢家去报告一个平安消息。

　　光阴像飞一般地快,倏忽间早已过去了两个多月。卢俊义归心如箭,再也不能忍耐了,便再向宋江诉说,要求放他回家。幸好,宋江当即答应了他,第二天,便大开筵席,准备送行,酒罢,大家直送到金沙滩上。

　　卢俊义昼夜奔波,走了十多天,才到北京城外。他正在急急地走着,蓦地抬头便遇到了他的仆人燕青。他仔细瞧去,只见他衣裳十分褴褛,形容非常枯槁,便问他:"为什么弄到这般模样?"

燕青哭着诉说道："自从主人去后，没有多少天，李固便回来了。他对主母说，主人已经入了梁山泊的伙儿，不回来了。因此，他们俩便到官厅里去告发，并且将我驱逐了出来。现在，他和主母已结为夫妇，正在享用主人的财产呢！所以，我劝主人，暂时不要回去，以免遭了他们的毒手！"

　　卢俊义怎肯相信燕青的话，当即骂了他几句，依旧一径奔回家里去了。

　　李固迎接卢俊义进来，一面假意殷勤，一面便又到官厅中去通报了。不到片刻，早来了二三百人马，团团地围住了卢家，就把卢俊义捉了去。

　　到了官厅里，李固又指出卢家壁上，卢俊义亲笔题的那首诗，说每句诗起头一个字，如果把它连贯起来，明明是"卢俊义反"四字。这当然是最确切的证据了。因此，官厅便将卢俊义定了一个发配⑪的罪名。后来到了半路上，虽有燕青前来相救，但是，终于仍被官厅里捉了去，预备定期斩决。

　　梁山泊里那一伙儿人，听到了这个消息，便由宋江布置了一番，趁着大名⑫城里大闹花灯的机会，一同下山去，将卢俊义从大牢里救了出来，并且捉了李固和卢俊义的妻，就在忠义堂⑬前杀死了。

　　到这时，卢俊义一面觉得再没有地方可以安身，一面又感激宋江一班人的义气，无可奈何，只得在梁山上入了伙儿。

【故事注解】

① 宋朝——赵匡胤受周禅，国号宋，建都汴京（今河南开封）。中国山海关以内的地方除河北、山西的北部，云南、贵州的南部，都为所有。直到徽、钦二帝被金人捉去为止，叫作北宋。

中华成语故事

后来高宗南渡，建都临安（今浙江杭州），保有南方一带地方，叫作南宋。共传十八主，三百一十九年，为元所灭。

② 济州——在今山东省茌平县西南。

③ 水乡——靠近河流的乡村。

④ 梁山——在山东东平、寿张、郓城之间，本名良山，山周约二十余里——故事中说八百余里，是根据小说中的话——山下有梁山泊，现在已经干涸了。

⑤ 哲宗——宋神宗的第六个儿子，名煦，在位十五年。

⑥ 山寨——山的四周，环筑木栅，仿佛像营垒一般，以为防卫。

⑦ 宋江——本是郓城人，后来上梁山为盗，终被张叔夜所平。

⑧ 北京——宋朝称大名府为北京。

⑨ 泰安州——就是现在山东泰安市。

⑩ 东岳泰山——为五岳之一，也称岱宗，在现在山东泰安市北。

⑪ 发配——就是执行流放。

⑫ 大名——现在河北大名县。

⑬ 忠义堂——宋江等议事集会的地方。

【成语释义】

意思就是：被胁迫到不得不这样做。

【用法举例】

一、对话

甲："这几年来，你牺牲了不少血汗钱，常常接济志仁，这是朋友们都知道的，但是，前天你为什么，忽然又要和他算起账来？"

乙："你想，他用了我的钱，不但不说一句好话，反倒在四处宣传，说我从前曾经挪用他四五万块钱。世界上有这种道理的吗？"

甲："好吧，你总得看在几年来的友谊面上，饶恕了他这回吧！"

乙："这不能怪我不好！实在的，我是被他'逼上梁山'的啊！"

二、叙述

敌军的第三师，昨晚竟全师哗变了。

其实，这是谁都料得到的，像敌军中那些长官们的贪婪、残暴，兵士们不但没有饱饱地吃过一顿，有时碰上他们发起怒来，还要无缘无故地挨枪把，吃军棍。所以这一次的哗变，不能怪兵士不好，只能说是被他们的长官"逼上梁山"的。

一鸣惊人

（出《史记》）

【故事】

　　楚庄王①即位以后，一直经过三个年头，每天从早晨到深夜，总是沉湎于酒色之中，任意作乐。既没有发过一个号令，做过一件正当的事业，竟连国家的一切政治，也完全置之度外了。

　　可是，这时候，在楚国却还有几个忠臣，便想进宫去劝谏②庄王，庄王得到了这个消息，便下了一道很严厉的命令道："有谁敢来劝谏我的，当即处死刑，决不宽赦！"

　　庄王自以为这道命令一下，肯定不会再有人来向他噜苏了，因此，便更加肆无忌惮地胡闹起来。

　　有一天，庄王又在宫中饮酒作乐，左手抱着一个郑国③娶来的姬妾，右手抱着一个越国献来的美女，坐在钟鼓的中间。正是兴高采烈的当儿，忽然有一个名叫伍举④的臣子，冒着死，闯进宫来，一定要见庄王。

　　庄王不知道他到底为了什么事，便叫他在一旁坐下了，伍举当即说道："我此刻赶来并没有什么要紧的事，不过有个谜语，要请大王猜一猜，以助酒兴！"

庄王问道："怎样的一个谜语呢？"

伍举道："有一只很雄伟的大鸟，自从它停到那个高阜⑤上来，已经有三年了。但是，它在这三年之中，既没有飞过一次，也没有鸣过一声，一直是敛着翅膀，停在那里。大王可知道，这是一只什么鸟啊？"

庄王听说，当即答道："这只鸟，不蜚⑥便罢了，一蜚起来，却要冲上天去呢；不鸣便也罢了，一鸣，便要惊动千万人呢！"

庄王虽然很明白，伍举是用了那大鸟来比喻自己的，暗暗地在讽谏他，要他摒除酒色，轰轰烈烈地干些大事业出来。但是，只因他一向荒淫惯了，一时毕竟难以改过，所以，一直迁延着，依旧是日夜不辍地在作乐。

过了几天，又有一个名叫苏从⑦的忠臣，进宫来见庄王。他却不像伍举那样的会说什么谜语，只是老老实实地劝谏了庄王一番。庄王一听他唠唠叨叨地说个不完，觉得扫兴极了，便怒容满面地问他道："我所下的命令，你难道没有听到过吗？"

苏从道："怎么会没有听到？只是，如果把我处了死刑以后，大王便从此改过，成为一个有道的明君，那是我很情愿，并且也很值得的啊！"

一霎时，庄王竟被他那诚恳的说话所感动了。他不但不杀苏从，而且，从此以后，便摒绝了一切不正当的娱乐，振作起精神，开始在政治上努力了。他本是一个有才干的人，所以，一旦觉悟起来，便是一个贤明的国君了。

他在几天之内，竟诛杀了好几百个奸佞的臣子，又任用了好几百个忠良的臣子，并且信任伍举、苏从两人，叫他们协理国政。不久，便威震一时，成为五霸⑧之一。

【故事注解】

① 庄王——春秋楚穆王的儿子，名旅，是春秋五霸之一。

② 谏（jiàn）——用直言去劝人归正，叫作谏。

③ 郑国——国名，在今陕西华县县境，后来迁到河南新郑，叫作春秋郑国。

④ 伍举——人名，春秋楚国的大夫。

⑤ 阜（fù）——就是土堆。

⑥ 蜚——和"飞"同。

⑦ 苏从——人名，春秋楚国的大夫。

⑧ 五霸——就是齐桓、宋襄、晋文、秦穆、楚庄。

【成语释义】

比方：

（1）才具出众。

（2）干了一件难能可贵的事。

【用法举例】

一、对话

甲："上期《青年杂志》上，征求解答的那则难题，你知道是谁答中的？"

乙："不知道！"

甲："喏，就是你家隔壁，那豆腐店里的学徒癞痢阿三啊！"

乙："哦，这倒是谁也料不到的，他竟有这样'一鸣惊人'的本领！"

一鸣惊人

二、叙述

这次全国运动会上，各种竞技成绩，似乎都平庸得很。

只有孙女士，居然"一鸣惊人"，不论五十米或一百米赛跑，都创了一个新纪录。

中华成语故事